放課後の
聖女さんが
尊いだけじゃ
ないことを
俺は知っている3

# CONTENTS

「おぉ、綺麗だな」
「ね。食べられるのかな？」
「先輩、子供が聞いてます」
そんなやりとりをしながら、大和たちは水族館内を歩く。

館内には様々な魚類や海洋生物が飼育されていて、
歩いているだけで目を奪われる光景ばかりであった。
深海魚やクラゲなどの変わったビジュアルをしたものや
エイやウミガメが遊泳している海中を模したトンネルなど
展示には様々な趣向が凝らされていて、自然と胸が高鳴る。

# 放課後の聖女さんが尊いだけじゃないことを俺は知っている3

戸塚 陸

ファンタジア文庫

3195

口絵・本文イラスト　たくぼん

## 倉木大和《くらき　やまと》

平凡で退屈な毎日を送る、ごく一般的な男子高校生。母親と二人暮らしで、家事はそれなりに得意。

## 白瀬聖良《しらせ　せいら》

美しい容姿と神秘的な雰囲気で人を惹きつける美少女。周囲からは聖女と呼ばれている。

# CHARACTER

人物紹介

## 新庄瑛太《しんじょう　えいた》

ノリがよく、友達思いなクラスの人気者。彼のファンである女子生徒も多いのだとか。

## 環芽衣《たまき　めい》

明るく気さくな小動物系女子。成績優秀で、クラス委員を務める優等生な一面も。

# 一話　夏休みは波乱の幕開け

「あー、また負けた」

夏休みを直前に控えた七月下旬の夜、大和《やまと》はゲームセンターの筐体《きょうたい》の前で呆《あき》れるように呟《つぶや》いた。

時刻は午後十時過ぎ。向かいに座る対戦相手は、もちろん聖良《せいら》である。

これが最後の対戦であった。すでに時間は遅いし、何より手持ちの百円玉が底を突いたのだ。大和は歯噛《はが》みをしながらも、席を立つほかなかった。

「あれ？　もう終わり？」

きょとんとした顔で聖良が尋ねてくる。……挑発をしているわけではなさそうだ。

「ああ、帰ろうぜ」

「わかった」

ひょいっと聖良も席を立ち、二人揃《そろ》ってゲームセンターを後にする。

外へ出れば、街灯が照らす夜道が続く。

冷房の効いた屋内とは違って、この時間帯でも蒸し暑い外気は健在だ。

そんな中を、大和は自然と早足になって進む。今日も全敗という結果に終わり、悔しく情けない気分を晴らすように、一歩一歩を大きい歩幅で歩いていた。

その後ろに続く聖良は口にこそ出さないが、スキップをするほど上機嫌な様子。これが勝者の余裕というやつだろうか。

「……ずいぶんと機嫌が良さそうだな」

「勝ち逃げできたからね。そういう大和は不機嫌そう」

「こっちは負け続きだからな。……というより、まだ一度も勝ててないし」

「んー、でも最後の方はちょっと危なかったかも」

危なかった、と言っても体力ゲージを半分ほど削られただけである。同じ相手と何か月も対戦していれば、そりゃあ誰だって多少は癖を覚えて対応するようになるだろう。

それよりもこれだけ対戦して、未《いま》だに一勝もできていないことが問題なわけで。

「はぁ、お気遣いどうも」

「ていうか、もうすぐ夏休みだねー」

聖良が唐突に話題を切り替えてくる。

とはいえ、空気の悪さを考慮したわけではないだろう。ただ単純に、気持ちがそちらの話題に向いただけかと思われる。

「言われてみればそうだな。期末も無事に終わったし、あとは何回か学校に通うだけか」

「夏休み、大和は何かやりたいこととかある?」

そんな風に尋ねられても、大和は同級生と夏休みを過ごすこと自体が初めてなので、返答に困ってしまう。

「やりたいことか……まだ具体的には考えてないかな。せっかくの長期休暇だし、どこかに遠出ができたらいいな、とは思ってるけどさ」

「遠出ってことは、旅行がしたいってこと?」

「ああ。日帰りでもいいから海とか山とか、それっぽい場所に行けたらいいなって。そのためには、いろいろと準備も必要になるとは思うんだけど」

「あー、確かに準備は必要だよね。まあ、とりあえず遠出するのは決まりとして」

相変わらず即断即決、行動力の塊である。もっとも、その行動力が発揮されるのは聖良が興味を抱いた事柄に限定されるが。

ひとまず夏休みの予定に困ることはなさそうだとわかって、大和はホッと安堵《あんど》した。

「となると、まずは行き先をちゃんと決めて、計画を立てないといけないよな。ちなみに白瀬《しらせ》は、海と山だったらどっちがいいとか希望はあるか?」

「んー、私は――」

――ピロン。

そこで聖良のスマホがメッセの着信を報《しら》せる。

「ちょっとごめん」

断りを入れて聖良はスマホを確認すると、一瞬だけ目を見開いた。

「どうかしたか？」

「ううん、なんでもない」

すでにいつものポーカーフェイス。聖良の反応に、メッセの内容が気になるところではあるが、大和は好奇心をぐっと押し止《とど》めた。

「そうか、ならいいんだけど」

「今日はここまででいいや、送ってくれてありがと。夏休みの計画は、終業式が終わった後にでもまた考えよ」

「ああ、わかった」

「それじゃ、バイバイ」

小さく手を振って、聖良は足早に去っていった。

「……やっぱり、何かあったんじゃないか？」

そんな独り言を大和はこぼす。

とはいえ、詮索するのも違う気がしたので、大人しく帰路に就くのだった。

◇

それから数日が過ぎ、終業式の日を迎えた。

朝からどの生徒も夏休みの到来に心を弾ませ、校内全体がはしゃいでいるような雰囲気に包まれていた。

終業式自体は校長の長い話が終わるとすんなり締められ、二年B組の教室では担任から浮かれすぎないようにと注意があり、HRが終わった。

その途端、教室内は喧騒《けんそう》に包まれる。いよいよ夏休みの始まりである。

部活動や遊びの予定など、人によって話題は様々だが、皆一様に浮かれているのは間違いなかった。

「くーらきっ」

大和が帰り支度を進めている最中、陽気に声をかけてきたのは瑛太《えいた》である。肩まで組んできて鬱陶しい。

その隣には、芽衣《めい》の姿もあった。

「暑苦しいな、どうかしたか？」

「いやあ、夏休みはどうすんのかと思ってさ。やっぱり聖女さんと過ごすのか？」

「まだ具体的には決まってないけど、そのつもりだよ」

「ほほう、それは羨ましい限りで。なっ、環《たまき》？」

「う、うん。それでね、倉木《くらき》くん、よかったら——」

芽衣がそこまで言ったところで、すでに帰り支度を済ませたらしい聖良が近づいてきた。

「大和、先行ってるね」

「ああ、わかった」

そんなやりとりを交わすと、聖良はすたすたと教室を出ていった。

瑛太と芽衣は呆気《あっけ》に取られている。あの聖良が気を遣ったことに驚いているのだろう。

「そんなに驚くことか？」

「そりゃあな。ほんと、聖女さんも変わったよ」

「まあ、相手が新庄《しんじょう》と環さん——というか、環さんだったから気を遣ったんだろうけど」

「えへへ、なんか嬉《うれ》しいな」

「いや、ひどくね!?　わざわざオレを省くことないだろ！」

「まあまあ。で、話の途中だったよな」

続きを芽衣に催促すると、芽衣はハッとした様子で口を開く。

「実はこの後、ちょっとしたクラス会をやろうって話になってて、倉木くんと聖女さんも一緒にどうかなと思って」

「ああ、なるほど」

夏休みに入ったのを機にクラス会が開かれるというのは、初めての経験だ。

とはいえ、これまでのクラスでも大和が誘われていないだけで実施されていたのかもしれないが。

そういうことなら、聖良にも聞いてみようと思った。

「じゃあ、白瀬にも聞いてみるよ」

「うんっ、お願いします！」

まだ参加するとは言っていないのに、芽衣はとても嬉しそうである。

それに瑛太までもが、どこかはしゃぐように肩をぽんと叩《たた》いてきた。

「参加するなら、駅前に集合な。今日はみんなでボウリングの予定だ！」

「わかった。それじゃ」

二人に別れを告げて、大和は早足で教室を出た。

廊下は活気づいた生徒たちで溢《あふ》れ返っている。その間を縫うようにして昇降口に着くと、待っていた聖良が手を振ってきた。

「悪い、待たせたな」

「ううん。もういいの？」

「そのことなんだけど。実は今日、クラス会があるらしくてさ。俺と白瀬も一緒にどうかって誘われたんだよ」

「へー、じゃあ行こっか」

「え」

あまりにも自然に参加を承諾されたので、驚いた大和は手にしていた靴を床に落としてしまった。

「靴、落ちたよ？」

聖良は不思議そうに、拾った靴を手渡してくる。

「あ、ありがとう」

動揺する気持ちを落ち着けて、大和は靴を履き替える。

「ていうか、教室に戻った方がいい感じ？」

聖良がこちらの顔を覗《のぞ》き込むようにして尋ねてくる。大和は再び動揺しながらも、なんとか首を左右に振った。

「いや、駅前に集合だってさ。ちょうど良《い》いし、向かいながら今後の予定を決めようぜ」

「おっけー」

校舎を出るなり、眩《まぶ》しい日差しが照りつけてくる。

真夏の空気を肌で感じながら、いよいよ始まる夏休みに大和は胸を躍らせていた。

と、そこで何やら校門前が騒がしいことに気づく。

原因はすぐにわかった。

見慣れない他校の制服——セーラー服を着た少女が立っていたからだ。

誰かを待っているのか、直立したまま微動だにしない。

それにしても、とんでもなく整った容姿をしている。どこかのアイドルかモデルではないかと本気で思うほどだ。

腰まで伸びた黒髪に、陶器のような白い肌、淑《しと》やかさを感じさせる端正な顔立ち。その佇《たたず》まいは清楚《せいそ》で可憐《かれん》な大和撫子《やまとなでしこ》然としていて、見る者を魅了してやまない、正真正銘の美少女であった。

他の生徒たちと同様に、大和もしばらく見入ったところで、ようやく聖良もその存在に気づいたらしい。

「あ」

聖良がぼんやりと呟《つぶや》いた直後、おもむろにセーラー服の少女が視線を向けてきて、

「──聖良先輩！」

驚いたことに、聖良の名前を呼んだではないか。

そのまま少女は駆け寄ってきて、聖良の両手を勢いよく握る。

「やっと会えました！　先輩ったら、メッセを送ったのに返事がないから」

「もしかして、椿《つばき》？」

聖良が尋ねると、椿と呼ばれたその少女は嬉しそうに頷《うなず》いてみせる。

「はい、椿です！　こうして顔を合わせるのは一年ぶりになりますね！」

その名前を聞いて、一番驚いたのは大和である。何せ『椿』といえば、聖良の祖父から聞いていた、聖良の友人だったという少女の名前だからだ。

唐突に現れた件《くだん》の人物を前にして、大和は口をぱくつかせて動揺していた。

そんな大和の様子に気づいた椿は、向き直って会釈《えしゃく》をしてくる。

「──申し遅れました、わたしは宮原《みやはら》女学園高等部の一年、香坂《こうさか》椿といいます。聖良先輩とは同じ学《まな》び舎《や》に通っていた先輩後輩の関係です。どうぞ、よろしくお願いします」

「あ、えっと、ご丁寧にどうも。クラスメイトの倉木大和です」

「わぁ、あなたが倉木さんでしたか。お話は伺っています」

花のような笑顔を向けられて、大和は思わず頰を緩ませてしまう。

はっきり言って、可愛《かわい》い。とてつもなく可愛らしい。どこか浮世離れした魅力のある聖良とは違って、椿は王道という言葉の似合う正統派美少女と言えるだろう。

この二人が揃《そろ》うだけで、場が華やかになる。校門を通りかかる生徒の誰もが目を奪われているし、おそらく誰の目にも大和の姿は映っていないだろう。そのおかげで、今も無駄な反感を買わずに済んでいるわけだ。

少し気になったのは、椿が以前から大和のことを知っていた風な口ぶりであることだ。聖良が話したのか、はたまた別の誰かから伝え聞いたのか。ともかく、彼女が何か目的があってここに来たのは間違いないだろう。

ゆえに、大和は直球で尋ねてみることにした。

「……その、香坂さんはどうして、わざわざうちの学校に？　今日は終業式だし、白瀬に会いたいだけなら、後日でもよかったんじゃないか？」

「理由はもちろん、わたし自身の目で、聖良先輩の制服姿をちゃんと見ておきたかったからですよ。それが理由では不十分でしょうか？」

椿は屈託のない笑みを浮かべて、堂々と言う。

どうやら彼女は、聖良のことをだいぶ慕っているようだ。少なくとも、大和にはそう見えた。

「そういうことなら、せっかくだし」

聖良は椿の言葉をそのまま受け取ったらしく、その場でくるりと回ってみせる。

スカートを翻《ひるがえ》す軽やかな動作に、制服姿を見慣れているはずの大和までもが見惚《みと》れてしまう。

「さすがです。やっぱり先輩は綺麗《きれい》ですね」

褒《ほ》め称《たた》える椿は拍手まで送っているが、その笑顔はどこかぎこちなく見えた。

「用ってそれだけ？」

淡々と聖良が尋ねると、椿は苦笑してみせる。

「そう邪険にしないでくださいよ、せっかく可愛い後輩が訪ねてきたんですから。――よければこれから、お茶でもしませんか？　もちろん、倉木さんもご一緒に」

その申し出に、普通の男子なら舞い上がって喜ぶところだろうが、生憎《あいにく》大和たちには次の予定が控えている。

「えっと、その……」

とはいえ、大和も真っ向から断る気にはなれず。

昔の聖良の話や、聖良と椿の関係など、聞きたいことは山ほどある。

ゆえに、そのお茶会をどうやって別の機会にしてもらおうか、必死に考えていたのだが。

「ごめん。これからクラス会があるから、また今度ね」

そのとき、聖良があっさりと断った。

まごつく大和とは違い、聖良に迷いはなかったようだ。

その返答がよほど意外だったのか、椿はぽかんと放心したように聖良を見つめている。

その光景を見ていたたまれなくなった大和は、声をひそめながら聖良に尋ねる。

「（お、おい、いいのかよ？　そんなにあっさり断っちゃっても）」

「え、ダメだった？　じゃあクラス会の方をやめとく？」

「いや、そういう話じゃなくて……」

「ん？　どういうこと？」

聖良にとってクラス会と香坂椿の案件は、優先度が同じなのだろう。ゆえに、先に誘われた方を優先しようとしているわけだ。

それは間違っていないのだが、大和としてはこのまま椿と接する機会を失うのはもったいない気がした。とはいえ、クラス会をキャンセルするのも瑛太たちに悪い気がする。

ここはどうするべきかと、大和がひとしきり頭を悩ませていたとき、

「おーい、倉木」

後ろから声をかけられた。

振り返ると、瑛太たちクラス会参加者が揃っていた。

「新庄たちか。もう行くんだな」

「おうよ。てか、校門の前でどうしたんだ？　なんかギャラリーも多い気がするけど」

「それが……」

気まずそうに目を逸《そ》らす大和の後方を見て、瑛太が察した様子でニヤつく。

「なるほど、修羅場か」

「違うって！　頼むから、これ以上ややこしくしないでくれ」

「わりいわりい、ついな」

焦《あせ》る大和を見て、瑛太は愉快そうに笑みを深める。これは完全に楽しんでいる顔である。

そのとき、芽衣が一歩前に出て、

「可愛い……」

椿のことを見つめながら、うっとりとした様子で呟いた。

他のクラスメイトも同様に、突然現れた清楚系美少女に魅了されている様子である。

そんな状況も加味してか、瑛太は名案が閃《ひらめ》いたとばかりに言う。

「よし！　ならそこの彼女にも、うちのクラス会に参加してもらおうじゃないか！」

「は⁉」

動揺する大和とは違い、クラスメイトは揃って歓声を上げる。誰も異論はないらしい。

聖良までもが感心するように頷いて、「その手があったか」などと言う始末。

クラス会に部外者を招いてもいいのかという大和の疑問は、とうに皆の頭からは消え去っているようであった。

当事者であるのに置いてけぼり状態だった椿も、空気を読んで笑顔となる。

「はい。みなさんさえよければ、ぜひご一緒させてください」

健気《けなげ》な後輩美少女として満点の返答を椿がすると、皆のテンションはさらに高まった。

「まあ、いいけどさ」

先ほどまで頭を悩ませていたことが馬鹿らしくなってしまったが、上手《うま》くまとまったのは事実である。

突然の来訪者に、不慣れなクラス会。

この組み合わせに一抹の不安を覚えたが、今は大人しく後に続くしかないだろう。

「ほら、倉木も行くぞ！　まずは腹ごしらえだ！」

言い出しっぺの瑛太に肩を組まれて、大和は嫌な予感がしながらも歩き出した。

# 二話　クラス会の鉄板と、不慣れな人たち

昼時ということもあり、まずはファストフード店に入ることになった。

合計九人という大人数なので、四人用と六人用の席に分かれることに。

大和《やまと》は聖良《せいら》と椿《つばき》と同じ六人席に座ったものの、クラスメイトたちがいる前でいろいろと聞く気にはなれなかった。

代わりに、椿は他のクラスメイトたちから質問攻めに遭っていて。

「えーっ⁉　椿ちゃんって、あの香坂《こうさか》椿⁉　すごっ、超有名人じゃん！」

話を聞いていた女子の一人が大声で叫ぶ。その内容には大和も興味があった。

「へ？　そんなに有名なのか？」

瑛太《えいた》がポテトをつまみながら尋ねると、その女子は勢いよく頷いてみせる。

「もうすっごい有名！　だってあの『天才美少女バレリーナ』だよ！　この前トレンドにも入ってたし、マジですっごいんだから！」

その女子はすぐさまスマホで検索して、件の記事の画像を見せて回る。

そこには『バレエ界に新星現る！　噂《うわさ》の天才美少女バレリーナがコンクール制覇！』という見出しとともに、チュチュ（バレエの衣装）で舞う椿の姿が映っていた。

記事は半年ほど前に投稿されたもので、当時の反響は凄《すさ》まじかったという。画像の椿はバレエ特有の華やかなメイクをしていて、普段とはまた違う美しさを感じさせた。これは人目を引くのも納得がいく。

記事を目にしたことで、皆が椿に憧憬の眼差《まなざ》しを向ける。

だが、椿は謙遜するように首を左右に振ってみせた。

「この見出しはさすがに大げさというか、天才なんて滅相もないです。恥ずかしい」

椿は頬を赤らめながら、やんわりと否定してみせる。

とはいえ、『美少女』という部分には自覚アリのようだ。

「いやー、世間は狭いもんだなー」

瑛太がしみじみと言うと、周囲は揃って同調する。

椿がバレリーナだったというだけでも驚きだが、まさか『天才』だとか『美少女』などという称号付きで、ＳＮＳにも名前が上がるほどの有名人とは思わなかった。本当に世間は狭いものだと実感させられる。

しかし、バレエと聞いて、大和はどこか引っかかりを覚えていた。

（バレエといえば、白瀬《しらせ》も昔やっていたんだよな）

以前、聖良の姉——礼香《れいか》から聞いた聖良の習い事の中に、バレエも含まれていたのだ。

この一致は偶然なのか、それが気になった。

ちらりと聖良の方を見遣《みや》ると、夢中でハンバーガーにかぶりついていた。この様子だと、会話の内容は頭に入っていないだろう。

その辺りを椿に尋ねてみたいところではあるが、皆がいる手前、どうしても遠慮がちになってしまう。

と、そこで椿がおもむろに聖良の方を見遣って、

「それでしたら、聖良先輩も以前バレエをやっていたんですよ。所属するスクールは違いましたが、今でも先輩はわたしの憧れです」

そう語る椿は、皮肉を言っているようには見えない。つまりこれは、椿の本心というわけだ。

天才バレリーナが憧れるという、聖良のバレエ姿には大和も興味がある。チュチュで踊る聖良の姿は、さぞかし華やかだっただろうと妄想した。

「ええーっ⁉」

その話に真っ先に食いついたのは芽衣《めい》である。店内に響き渡るほどの大声を上げた拍子

に、ドリンクの容器を倒して中身を盛大にぶちまけてしまい、慌ててテーブルを拭くはめとなっていた。

テーブルを拭き終えた芽衣は、聖良の方へと向き直って距離を詰める。

「今の話は本当ですか⁉」

食い気味に芽衣が尋ねたものの、聖良はきょとんとしている。

「えっと、なんのこと？」

(白瀬のやつ、ほんとに何も聞いてなかったのかよ……！)

大和は呆《あき》れつつも、すぐに会話の内容を説明する。

「香坂さんが、白瀬もすごいバレリーナだったたって話をしてくれたんだ。今はその話題で盛り上がっていたところだよ」

「へー。もうやってないけどね」

「ああ、それも香坂さんから聞いた」

「あと私、バレリーナよりも、バレエダンサーの方がいいな。響きが好き」

「お、おう」

聖良の独特なペースに翻弄される大和。そんな二人に対して、皆は珍しいものを見るような眼差しを向けてきていた。……正直、気まずい。

「やはり倉木《くらき》さんは、聖良先輩と仲が良《い》いんですね」

そんな中、椿が直球な物言いをするものだから、ますます居心地が悪くなる。

「まあ、それなりに長い付き合いだからな」

「わたしも先輩とまともに話せるようになったのが五年前、初めて顔を合わせたのは十年以上も前になりますが、未《いま》だに噛《か》み合わないことばかりですよ」

「へ、へぇ……。それはまた、ずいぶんと長い付き合いで……」

「とはいえ、ここ一年は会う機会すらなかったのですが」

椿は笑みを浮かべているが、目は笑っていない気がする。つまり、なんだか怖い。

そのとき、救いとも言えるタイミングで瑛太が立ち上がる。

「よーし、みんな大体食べ終わったなー？　そろそろボウリング行くぞー！」

その呼びかけに合わせて、皆が気合い十分に片付けを始める。

大和も早々にトレイを片付けてから、皆とともに店を出た。


電車に乗ること十数分。

目的のボウリング場に到着すると、瑛太の独断でチーム分けされた。

これにより、大和は聖良と椿と同じチームに。まさに作為的な組み合わせである。

「チームメイトとして、どうぞよろしくお願いします」

「あ、ああ、よろしく」

「よろしくー」

こういうときも椿は社交的なのだが、接しているとどうにも気持ちが落ち着かない。胸の辺りが妙にそわそわとするのだ。

観察されているというか、値踏みをされているような、そんな気さえしてくる。もっとも、大和が自意識過剰なだけかもしれないが。

そもそも、椿はなぜこのタイミングで会いに来たのか。聖良と会うのは実に一年ぶりということだが、どうして疎遠になっていたのか。諸々《もろもろ》気になることがある。

とはいえ、考えてばかりいても仕方がない。受付を済ませてから、大和も他の皆と同じようにボウリングの準備に取り掛かることに。

ボウリング用のレンタルシューズを大和が取り出そうとしていると、

「何をすればいいんですか？」

「わっ⁉」

唐突に椿が声をかけてくるものだから、大和は素っ頓狂な声を上げてしまった。

「そんなに驚かなくても」

「えっと、ごめん……」

椿はレンタルシューズを興味深そうに見つめている。もしかしたら、ボウリングをするのは初めてなのかもしれない。

「もしかして、ボウリングは初めてだったりする？」

「はい」

「そうか。まずはここで専用の靴を借りてから、自分に合う重さのボールを選べばいいと思うよ。俺もこういうところにはあまり来ないから、全然慣れてないんだけどさ」

「なるほど、わかりました。ご丁寧にありがとうございます」

椿は律儀《りちぎ》に一礼してから、レンタルシューズの機器に向き直る。

（はあ、年下相手にいちいち緊張してどうするんだよ……）

大和は情けない自分に嫌気が差しながらも、ボールを選んで場内に入った。

「倉木くん、倉木くん……っ」

そのとき、芽衣が声をひそめながら話しかけてきた。

「どうかしたか？　なんか動きが怪しいけど」

「だってだって、香坂さんのこと、いきなりでびっくりしてるし」

「ああ、それは俺も同じだよ。正直、今もどう接すればいいのか困ってるし」

「でも、聖女さんにあんな可愛《かわい》い友達がいたなんてね。それに、聖女さんもバレエをやっていたなんてびっくり。踊っている姿は絶対綺麗《きれい》だったよね～！　見たかったな～！」

「……まあ、白瀬は香坂さんのこと、友達じゃないみたいなことを言ってたけどな」

「へ？」

「いや、なんでもない」

以前、聖良に椿との関係を聞いた際、『友達っていうのとは違うかも』と言っていた。

それが気になっていたせいで、つい口を衝いて出てしまったのだ。

とはいえ、簡単に話していいことではないだろう。

大和は反省しつつ、ひとまず愛想笑《あいそわら》いを浮かべてごまかす。

「うん？　ひとまず、わたしもいっぱい話しかけてみるね。もっと仲良くなりたいし！」

その積極性には素直に尊敬の念を向けたくなり、大和は拝むような気持ちで頷《うなず》いた。

「ああ、頼んだ」

「倉木くんも、もっと話しかけてあげなよ？　ただでさえ、周りは他校の知らない上級生ばっかりでいづらいだろうから」

「わかってるって。まあ、俺や白瀬よりもよっぽど馴染《なじ》んでいる気がするけど……」

「あはは、じゃあ負けてられないね。それじゃ、また後で」

ひらひらと手を振って、芽衣が離れていく。

するとちょうど入れ替わりに聖良がやってきた。その手には、十三ポンドのボールが抱えられている。

「まさか、それを投げるつもりなのか……？」

一般的に、男性に適しているボールの重さはおよそ十一から十五ポンド、女性の場合は七から十一ポンドとされているので、聖良が十三ポンドのボールを投げるというのは、一種の挑戦である。ちなみに大和のボールは十一ポンドだ。

「うん。重い方がいっぱい倒れやすいし」

至極当然のことを、聖良はさらりと言ってみせる。

ボウリングの経験はあるようなので、心配するのは彼女の投球を見てからでも遅くはないだろう。

「……そうだな。まあ、あんまり無理はするなよ」

「わかった」

それから数分後。少し遅れて椿が入場してくる。

彼女の手には七ポンドのボールが抱えられていた。ちゃんと自分に合ったものを選べたようだ。

……が、聖良のボールを確認した直後、椿は踵《きびす》を返したかと思うと、すぐさま十四ポンドのボールに取り替えてきた。

その重量を抱えるだけで、額に汗を浮かべている。これを投げるというのは、明らかに無謀と言えるだろう。

「えっと、香坂さん……？　いくらなんでも、初心者の香坂さんにそのボールは無理じゃないかな？」

「い、いえ、これくらいは大丈夫です。お気遣い、ありがとうございます」

大和の気遣いは無用だったようで、椿はよろよろとしながらもボールを置いて、ふぅとひと息ついてみせた。これは明らかに、聖良への対抗意識によるものだろう。

それを見た聖良はというと、「おぉ～」と止めるどころか感心する始末。聖良に制止を期待するだけ無駄のようだ。

全員が場内に揃《そろ》ったところで、幹事を務める瑛太が軽くルール説明をする。

勝負は三人一組のチーム戦。レーンごとに分かれた各チームの合計スコアを競う形式で、二ゲーム行うらしい。

ちなみにビリだったチームは、他のチームの全員にアイスを奢《おご》るという。……これは大和としては、なんとしても負けられない戦いである。主に、金銭的な事情で。

それから、投げる順番決めの時間となり。

「よし、じゃんけんで決めよっか。勝った順にしよ」

聖良は言うなり、じゃんけんの態勢に入る。

「べつに、俺は何番でもいいけど」

「わたしも構いません」

と言いつつ、二人もじゃんけんの構えを取る。

「「「じゃん、けん――」」」

ぽん、と出た結果は聖良の一人勝ち。次に勝ったのは大和であり、投球するのは聖良、大和、椿という順になった。

そうして、第一ゲームが始まる。

「まずは私だね」

淡々と言ってから、聖良はボールを構える。

直立する姿勢が流麗で美しい。隣のレーンどころか、場内の視線を釘付《くぎづ》けにする。

まもなく聖良は、プロさながらの華麗なフォームで投球した。

放たれたボールは弧を描いたかと思えば、次の瞬間にはとんでもない衝撃音を鳴らし、ピンを一つ残らず飛び散らせた。

頭上の液晶画面に『ＳＴＲＩＫＥ！』の文字が表示されたことで、大和は我に返る。

「……お、おぉ、すごいな。初球からストライクかよ」

感嘆の声をもらす大和に対し、聖良は特に表情を変えないままＶサインを向けてくる。

聖良が引っ込んだことで、ようやく他のレーンも投球を再開した。

「よし、やるぞ」

チーム唯一の男子として、大和は聖良の勢いに続こうと気張ったのだが。

――ポコンッ。

腰が引けながらも投げた直球は、ガターになるギリギリのところで、なんとか端のピンを倒すのみであった。

（くぅ、真ん中を狙ったはずなんだけどな……。白瀬のようにはいかないか）

納得がいかないまま、大和は次の投球に入る。

「あっ」

投げた直後、思わず情けない声がこぼれる。手を離れたボールは理想とした軌道を描かず、先ほどとは反対側のピンを一本倒したのみであった。

「……すみません」

申し訳ないやら恥ずかしいやらで、大和がチームメイトの二人に謝罪すると、二人ともきょとんとした顔で小首を傾《かし》げた。どうやら二人とも全く気にしていないらしい。

「ま、まあ、まだ序盤だしな」

そのおかげか、大和も気持ちを切り替えることができた。

「次はわたしの番ですね」

すっと立ち上がった椿の表情は、どこか凛《りん》としていて。

最初に見せた不安は一切ない。むしろこれはいけるんじゃないかと、ギャラリーの期待を煽《あお》ってくるほどだ。

十四ポンドの重量級のボールをその白い細腕で摑《つか》み上げると、黒髪をふわりと揺らし、颯爽《さっそう》とアプローチ内に踏み出していく。

さすがは天才バレリーナ。体幹がしっかりしているせいか、重いボールを抱えていても、その美しい姿勢は崩れない。

そのまま、華麗な投球フォームに入り——

ガンッ！　……とその直後、ボールは鈍い音を鳴らして床に落ちた。

そのままころころと床を転がりガターに落ちて、途中で停止する。

しん、と。場内が静まり返った。

それからすぐに呼び出された係員によって、ボールは撤去される。

その間に椿は大人しく、七ポンドのボールを持ってきた。

「ま、まあ、まだ序盤ですし」

つい先ほども聞いたような言葉を椿は口にして、気まずさをごまかすように笑みを浮かべている。……大和からすれば、一緒にしてほしくない気分だった。

続く椿の投球も、まだ要領を得ていないからかガターに沈む。

というわけで、一フレーム目は聖良がストライクを出し、他二人が散々な結果という極端な出だしであった。

とはいえ、他のクラスメイトたちも得意な者ばかりではなさそうだ。今のところ好調なのは、聖良の他には瑛太くらいのものだろう。

（って、安心してちゃダメだろ。俺のせいで負けるかもしれないし……）

未経験者の椿が上手《うま》くできないのは仕方がないことだ。けれど、大和はこれが初めてというわけではないし、チーム唯一の男子でもある。このまま大和のせいで負けたりしたら、聖良に合わせる顔がない。

そう思っていたのだが。

――バコンッ！

「よし、またストライク」

あっさりと、聖良が二度目のストライクを決めた。これで連続である。おかげで対策を考える暇もなく、大和の番が回ってくる。

このまま大和が足を引っ張ろうとも、聖良一人の力だけで勝ってしまうかもしれない。

だが、それで大和が満足できるはずもなく。

「……あの、白瀬さん」

「ん？　どうしたの、『さん』付けなんかして」

「いや、その、投げ方をレクチャーしてほしくてですね……」

「あー、そういうこと」

見栄《みえ》を張っている場合じゃないと大和は判断し、恥を忍んで教えを乞うことにしたのだ。

すると、聖良は大和の真後ろに立って、身体《からだ》を密着させてくる。

「なっ……！」

後方で椿が驚愕《きょうがく》の声を上げる。よほど驚いたのか、目を見開いて固まっている。

とはいえ、驚いているのは大和も同じだ。とんでもなく柔らかいものが背中に当たっているし、他を気遣う余裕などあるはずもない。

「し、白瀬……」

「前を向いて。投げるフォームも大事だけど、視線が一番重要だから」

「視線？」

「そ。ストレートを投げるなら、特にね。――レーンの途中に、三角形のマークがあるでしょ。スパットって言うらしいんだけど、その真ん中を見ながら、あとはボールを真っ直《ま》ぐ《す》投げるイメージで――」

聖良に言われた通り、レーン上――目線の先にある三角形を見ながら、ボールを投げる。

すると、驚いたことにボールは真っ直ぐ進んだ。

そのままボールは中央のピンに当たり、七本のピンを倒すことに成功した。

「おぉ、すごいな！　ほんとに真っ直ぐ進んだぞ！」

「でしょ。あとは腕だけじゃなくて足腰も連動させると、もっと安定すると思う」

「最後のやつが一番難題な気もするけど……ひとまずはわかった、助かったよ！」

これで足を引っ張らずに済む、と大和は心底安堵《あんど》する。

続いての投球は一人でやってみたが、これもボールは真ん中を通過。ピンは倒せなかったものの、コツは掴んだ。

次に、椿の番が回ってくる。

椿は大きく深呼吸をしてからボールを構え、姿勢良く前方を見据えながら、ゆっくりと投球フォームに入り――

バコンッ！

なんと、ストライクを出したではないか。

おそらく先ほどの聖良の教えを、椿も耳に入れていたのだろう。それにしても、すごい飲み込みの早さだ。大和ができていない足腰の連動までばっちりできている。

「なるほど、確かに視線が重要なようですね。身体の重心もそうですが、ボールを放すタイミングが安定しますし」

平静を装《よそお》ってはいるものの、椿が喜んでいるのは一目瞭然である。

「香坂さんって、飲み込みが早いんだな。もう白瀬のアドバイスをものにするなんて」

「いえ、先ほどのアドバイスが的確だっただけですよ。ですが、これでようやくまともな勝負ができそうです」

椿の目には明らかな闘志が灯《とも》っている。

しかしそれは、他チームに向けられたものではないような気がした。

「そ、そうだな。俺もコツは摑んだし、これなら一位も狙えそうだ」

「え？　――あ、はい、そうですね」

何かをごまかすように、椿は微笑《ほほえ》んでみせる。

（やっぱりこの人、白瀬と個人戦をしているつもりなんじゃないか……？）

仮にそうだったとしても、二人が高スコアを出せば、チームの勝利には結びつくので問題はないのだが。

――バコォンッ！

そのとき、凄《すさ》まじい衝撃音が鳴り響く。

その音は、聖良の出した三連続目のストライク――ターキーによるものだった。

思わず椿の方を見遣《みや》ると、椿はぽかんと口を開けて固まっていた。

つんつん、と。そこで大和は、聖良から肩をつつかれた。

振り返ると、聖良が両手を上げながら言う。

「ハイタッチしようよ、せっかくのターキーだし」

「お、おう」

促されるまま、大和は聖良とハイタッチをする。

思いのほか力強くタッチをされて、大和の両手はビリビリと痺《しび》れた。

「強く叩《たた》きすぎだろ……」

「あはは、ごめん。重いボールを投げた後だったから、つい力が入りすぎちゃった」

さらりとそう言って、聖良は席につく。どうやら椿とはハイタッチをしないらしい。

不思議に思った大和は、聖良のそばに近づいて小声で尋ねる。

「(なあ、香坂さんとはハイタッチしないのか?)」

「うん。椿はそういうの、やりたがらないだろうから」

「そうなのか……?」

言われて隣を見ると、椿はスマホをいじっていた。あからさまに我関せずといった様子で、椿の方からハイタッチを求めてくる気配はない。

「ほら、次は大和の番だよ」

聖良から促されて、大和は釈然としないまま、次の投球に入った。


そうして一ゲーム目が終わり、この時点で大和たちのチームはダントツ一位だった。

というのも、聖良が三百点近くを叩き出したからだ。途中の一回を除き、全てストライクを出したのである。

椿も百五十点超えの高得点、大和もかろうじて百点を超えたので、この時点で他のチームを圧倒していた。

「ちょ、さすがに聞いてないっすわ……」

この結果は予想外だったのか、瑛太は心底悔しそうにため息をついている。

瑛太のチームは瑛太自身が百七十点という高得点を出したものの、他二名が百点にも届

いていないので、大和たちのチームとはダブルスコア以上の差がついてしまっていた。もう一つのチームにも負けているので、現状ではビリだ。

しかし、瑛太はすぐさま気持ちを切り替えると、大和に対して指を突き付けてくる。

「だが、オレたちはまだ負けてない！　本当の勝負は後半戦、最後に一位を取るのはオレたちだ！　覚悟しておけよな！」

勇ましくそう告げてから、瑛太は逃げるようにトイレへ向かってしまった。

そこで芽衣がひょこひょこと近づいてきたかと思えば、興奮ぎみに言う。

「聖女さんはもちろんだけど、香坂さんもすごいね！　これが初めてのボウリングなのに、いきなり百五十点超えなんてびっくりだよ！」

なぜだか芽衣は自分のことのように喜んでいる。ちなみに芽衣本人は瑛太と同じチームで、かろうじて五十点を超えた程度である。……ボウリングは苦手らしい。

ところが、褒められたはずの椿は悔しそうに答える。

「聖女さんというのは、聖良先輩のことでしょうか……。ともあれ、まだまだです。コツを摑《つか》んだかと思ったのですが、直球でストライクを確実に取るには、今のわたしはコントロール不足だと実感しました」

「えーっと……うん、すごいね！」

どうやら椿の言葉を上手く理解できなかったらしく、芽衣はごまかすように適当な相槌《あいづち》を打った。

すると、椿はハッと我に返って微笑んでみせる。

「で、ですが、ボウリングというものは楽しいですね！　一見単純な競技に思えますが、なかなか奥深いです！　次はカーブに挑戦してみようと思います」

微妙な空気を和らげるように、椿はボウリングの魅力を語る。

そうやって必死に空気を読む彼女の姿は、今の大和には懐《なつ》かしいものに感じられた。

それから間もなくして、瑛太が戻ってきたことで後半戦が始まった。

とはいえ、すでに一ゲーム目ほどの緊張感はない。勝敗も決してしまったようなものだし、皆がほどよく疲れたことで、夏休みの浮かれムードも落ち着き始めているからだろう。

それに瑛太以外のクラスメイトは、聖良が全ての投球でストライクを出して三百点を取る――いわゆるパーフェクトを出せるかどうかが気になっている様子。

そんな弛緩《しかん》した空気のおかげで、大和ですら肩の力が抜けていた。自分のせいで負けるかもしれないと考えなくてもよくなったことで、むしろボウリングを純粋に楽しめていた。

そうして心に余裕が生まれたことで、やろうとしていたことを思い出す。

「香坂さん、ちょっといいかな？」

聖良の投球順が回ってきたところで、大和は椿に声をかけた。

すると、椿は不思議そうに小首を傾《かし》げる。

「なんでしょうか？　投げ方のレクチャーなら、聖良先輩にしてもらった方が参考になると思いますが……」

「いや、ボウリングの話じゃなくて」

すでに椿はボウリングにおいて、自分の方が大和よりも格上であると認識しているらしい。それは間違っていないので特に何も言えないが、今はその話がしたいわけじゃない。

「その、今日はどうして白瀬に会いに来たのか、目的みたいなものがあれば聞いておきたくてさ」

「ああ、そのことですか。それは——」

そこで椿がちらと視線を外す。

彼女の視線の先には、欠伸《あくび》交じりにスマホをいじる聖良の姿があった。

「全部ストライクだと話す時間すら取れないな……」

「なので、お話は終わった後にでも」

椿が何か企《たくら》んでいるように微笑んできて、大和はドキッとしてしまう。

自然と視線を逸《そ》らしたところで、向かいの席に座る芽衣からジト目を向けられていることに気づいて、妙な居心地の悪さを感じるのだった。

二ゲーム目も終わると、大和たちのチームが総合スコアで一位を取った。

とはいえ、一位の賞品は特にないらしい。そのため二位のチームと同様に、ビリだったチーム——瑛太チームからアイスを奢《おご》ってもらうことに。

ボウリング場内にある休憩スポットにて。ベンチでアイスバーを頬張りながら、皆で談笑していた。

「やっぱり白瀬はすごいな、ほとんど一人勝ちじゃないか。それに香坂さんも初心者とは思えない上達ぶりだし」

大和が感心しながら言うと、聖良は浮かない顔で答える。

「んー、でもパーフェクトが取れなかったのがなー」

「目標が高すぎるだろ……。まあ、みんなも期待していたみたいだけど」

腕が疲れたという理由で、聖良は途中で軽いボールに変更したのだが、それが仇《あだ》となったようだ。

しかし、椿はそんな聖良以上に浮かない顔をしていた。

おそるおそる、大和はねぎらいの言葉をかけてみる。

「香坂さんもおつかれ。二ゲーム目はさらにスコアを伸ばしていたし、ほんとにすごかったよ。俺も見習わなくちゃな」

「あ、どうも。……結局は、負けてしまいましたけど」

「いや、これはチーム戦なんだし、香坂さんと白瀬は同じチームじゃないか。それに香坂さんは今回が初めてのボウリングだったんだろ。なら、これからもっと上手《うま》くなれるよ」

(って、俺はどうして自分よりも上手い人にアドバイスをしているんだか)

けれど、そんな大和の言葉も無駄ではなかったらしく、椿は気を取り直した様子で頷《うなず》いてみせた。

「そうですね、ありがとうございます。倉木さんは優しいですね」

「そんなことないって。今回勝てたのは、香坂さんのおかげでもあるわけだし」

「あれ？　でも先ほど、聖良先輩の一人勝ちと言っていたような」

「それは言葉の綾《あや》というやつで……――とにかく！　俺たちは勝ったんだから、もっと喜ばないとだろ！」

柄にもなく盛り上げようと大和が声を張ると、聖良が勢いよく立ち上がる。

「だね。せっかく優勝したんだし、ちゃんとアイスを味わって食べないと」

「夏に食べるアイスは格別ですよね。それが運動後ともなれば尚更《なおさら》です」

二人が同調してくれたことで、なんとかお通夜《つや》ムードを変えることができたようだ。

そこで瑛太が「よーし、そろそろゲーセン行くぞー」と声をかけ、皆はボウリング場を後にした。


ゲームセンターはボウリング場に併設されており、今回はプリクラを撮るのが目的らしい。

大和もプリクラ自体は中学時代のクラス会で撮ったことがあるので初めてではないが、それでも久々ではあるので、どうにも緊張してしまう。

「プリクラ、撮るの初めてかも」

そのとき、聖良がぼそりと呟《つぶや》いたことで場が凍りついた。

言われてみれば、大和は聖良と何度もゲーセンに通っているが、一度もプリクラを撮ろうという話になったことはない。

お互い興味がなかったというのもあるが、そもそもゲーセンでプリクラを撮るという選択肢が思い浮かばなかったのだ。

「な、なら、今日はいっぱい撮ろ！」

芽衣が目を輝かせながら、興奮ぎみに言う。

「あー、うん。でも、この中に全員で入るの？」

「それは……ぎゅうぎゅうになっちゃいそうだね」

「んじゃ、何人かに分かれて撮るか」

瑛太の提案により、再びグループ分けをすることに。

とはいえ、何度かメンバーを入れ替えて、最終的には全員が一緒に撮れるよう組み合わせを調整するようだ。

というわけで、最初のグループは——

「これ、絶対に新庄《しんじょう》の嫌がらせだろ……」

大和と聖良のほかに、芽衣と椿の四人となった。ハーレムさながらの組み合わせである。

首謀者である瑛太のほか、二名の男子からグーサインを送られて、後には引けなくなってしまう。

「えへへ、なんかごめんね」

芽衣は気遣うように言うものの、初めて聖良と一緒に撮るプリクラということで、興奮を隠しきれない様子。

「いや、環《たまき》さんのせいじゃないし、俺も覚悟を決めたよ」

「わたしもプリクラを撮るのは初めてなので、なんだか楽しみです」

社交的な椿のことだから、同級生と撮ったことがあるのではと思っていたが、意外にも初めてだったらしい。やはりそこはお嬢様だからだろうか。

「なんかいろいろ選べるみたいだけど、どれがいいのかな」

興味津々《きょうみしんしん》な様子の聖良は液晶画面とにらめっこをしている。そこでおそらく一番経験のある芽衣が、「ちょっとコツがあってね」と言って、率先して撮影方法を決めていく。

それにしても、狭いこの空間にはやたらと甘い香りが充満している。美少女三人とぎゅうぎゅう詰めになっているせいだろうが、なんだかぼんやりとした気分になる。

「倉木さん、大丈夫ですか？　なんだかボーッとしているようですが」

そこで椿が心配そうに尋ねてきた。画面に夢中の聖良たちとは違って、彼女は普段通り落ち着いているように見える。

「ああ、大丈夫。こういう状況に慣れてなくて、ちょっと緊張しているだけだよ」

「そうですか。でも、本当に気分が悪くなったら言ってくださいね」

椿はそう言ってハンカチを取り出すと、大和の額の汗を拭いてくれた。ハンカチからはとても良い匂《い》いがして、そのせいで余計に汗が出てしまう。

「……ごめん、洗って返すよ」

「いえ、気にしないでください。それより、始まるみたいですよ」

優しい笑顔を向けられて、ドキッとした大和は視線を前方に移す。

ちょうど聖良たちによる機器のセッティングが終わったようで、撮影までのカウントダウンが始まったところであった。

（香坂さんは年下なのに『デキる子』って感じだよな。これは人気が出るのも納得だ）

そんな風に感心しながら、大和はちらと隣を見る。

すると、隣り合っていた椿も視線に気づいて、にっこりと微笑《ほほえ》みかけてきた。反則級に可愛《かわい》い笑顔を不意打ちのタイミングで向けられたことで、大和は瞬時に赤面してしまう。

……と、そんな一瞬を切り取るかのごとく、シャッター音が室内に響き渡った。

「むぅ、わたしは怒ってるんだからね？　同志があっさりと骨抜きにされちゃって」

メンツが変わり、芽衣と瑛太ともう一人のクラスメイトとの撮影中。大和は芽衣から説教を受けていた。

原因は先ほど聖良たちと撮ったプリクラにある。

その最初の一枚が、ちょうど大和と椿が見つめ合っている場面を切り取ったものだったからだ。

「いや、そんなつもりじゃ……」

「確かに香坂さんも可愛いけどね、あそこは聖女さんを見てなくちゃいけないんだよ！」

「ああ、環さんみたいに」

「そうそう、わたしみたいに――って、今はわたしのことはいいの！」

芽衣は赤面しながら、ぷんすかとむくれている。撮影したプリクラのほとんどで、芽衣は聖良にうっとりと見惚《みと》れていたので、思い出して恥ずかしくなったのだろう。

「まあまあ、痴話喧嘩《ちわげんか》はその辺にしておけよ」

からかうように瑛太が言うと、そのまま肩を組んできた。

「うわ、近いぞ。気持ち悪い」

「気持ち悪いって、お前な……」

――パシャッ。

そのとき、シャッター音が響き渡った。

「「…………」」

そうして、黒歴史の瞬間が形に残ったのだった。

日も暮れ始めた頃。ひと通りプリクラを撮り終えたところで、クラス会は終了となった。

「みんなまたね！　香坂さんも、また遊ぼうね！」

「はいっ、ぜひまた遊んでください」

　椿は芽衣や他のクラスメイトたちと親しげに挨拶をしていた。もうすっかり打ち解けたようである。

　それに比べて、大和の方は未《いま》だに話しづらい相手もいて、少し情けなくなった。

　というより、男子に限っても瑛太ぐらいしかまともに話せる相手がいないわけで。

「倉木も、また連絡するからなー」

「ああ。こっちからも、時間が空いたら連絡するよ」

「おうよ！」

　そんな風に瑛太たちに別れを告げて、最寄り駅に着いた頃には聖良と椿と三人になっていた。

「んー、さすがにちょっと疲れたね」

　聖良は大きく伸びをしながら言う。

「そうだな。ボウリングは久々にやったけど、やっぱり疲れるものだな」

「わたしは良い経験になりました」

　にこやかに椿は言う。どうやら彼女にとっても、充実した一日になったようだ。

「さて、これからどうしよっか」

仕切り直すように聖良が告げてから、大和と椿の方に向き直った。

その言葉の意味を、大和なりに解釈してみる。

「ようやく、ちゃんと話ができるってわけか」

「ん？」

「はい？」

椿と話す時間を作る——そういう意味なのかと推測したが、どうやら違ったようだ。

聖良はピンときていない様子で口を開く。

「結構疲れたし、一回帰ってから休んで集合するか、このままもう少し遊んでいくのか、どっちにしようかって意味だったんだけど」

「えーっと……？」

椿は困惑している様子。聖良の意図を上手《うま》く理解できていないのだろう。

「つまりこのまま夜まで遊ぶのか、帰って休んでから集合して、そのままオールをするのか——どっちにしようかって言いたいんだな？」

呆《あき》れ気味に大和が尋ねると、聖良は嬉《うれ》しそうにうんうんと頷《うなず》いてみせる。

「そういうこと。私的には、一回帰ってシャワーを浴びたいんだけど」

「………はい？」

言葉にされても理解できないといった様子の椿。

無理もない。聖良の言っていることは、一般的な高校生の行動に当てはまらないからだ。

「あのな、白瀬。前にも言っただろ、オールはダメだって」

「けど、もう夏休みじゃん。少しぐらいはハメを外してもだいじょぶだよ」

純真無垢《むく》な瞳を真っ直《ま》ぐ《す》に向けて、聖良は不健全なことを言う。

そのギャップを本能で魅力的だと感じてしまうものの、なんとか理性を奮い立たせる。

「……今日は、香坂さんだっているだろ。まさか、彼女まで付き合わせるつもりか？」

「うーん、椿が嫌ならやめるけど。どうかな？」

聖良は椿を深夜の遊びに連れていくつもりのようだ。それは大和にとって意外なことであった。

というのも、聖良は以前に椿のことを友達ではないと言っていたからだ。

夜の遊びに付き合うかどうか、尋ねられた椿は表情を引き締めて、問いを返す。

「嫌というか、今はただ困惑しています。先輩はつまり、これから夜遊びをしようとしているんですよね？」

その質問に対して、聖良はこくりと頷いた。

「先輩はわかっているんですか？　そんなことをわたしがおじさまにお伝えしたら、すぐさま実家に呼び戻されることになりますよ」

「だね。それをされると、正直困るかな」

「だったら……どうして、そんなことをわたしに言うんですか」

椿の瞳には動揺の色が浮かんでいる。

聖良の意図を理解できていないのは、今や大和も同じであった。

そこで聖良は「うーん」と小首を傾《かし》げながら、

「椿とちゃんと遊んでみたいって思ったからかな。クラス会とか、そういうのじゃなくてさ。それが理由じゃダメかな？」

子供のように無邪気な笑みを浮かべ、聖良は取り繕うことなく、ありのままの思いを口にする。

そんな彼女を前にして、椿は声を絞り出すようにして言う。

「……ずるいですよ、先輩は。いつだって、自分勝手です」

「ごめんね。私、そういうところで我慢したくないから」

そう語る聖良の表情は清々《すがすが》しく、見ているだけで心が洗われるような不思議な感覚に陥る。

「大和もごめんね。いつも振り回しちゃって」

「……ったく、今さらだって。ほんとにずるいよな」

そのまっさらな笑顔を向けられると、もう他のことなんてどうでもよくなるから不思議だ。それを『ずるい』と表さずにどう表現すればいいのか、大和にはわからない。

そのとき、椿がため息交じりに頷いてみせた。

「いいでしょう。こうなったら、とことん付き合います」

「やったー」

「――それと」

歓喜する聖良を遮るようにして、椿は真剣な顔つきで続ける。

「この際なので話しておきますが、わたしが聖良先輩に会いにきた本当の目的は、先輩がやっていることを見定めるためです」

「うん？」

「有り体に言えば――先輩が道を踏み外していないか、その判定をするためといったところでしょうか」

気丈にそう語る椿に対して、聖良は緊張感のない顔で答える。

「そっか。じゃあ、私の親に言われて来たんだ？」

「まあ、そんなところです。怖気《おじけ》づきましたか？」

「ううん。気にしてないよ」

そう答える聖良は、本当に気にしていないように見える。

その態度が気に食わないらしい椿は、ため息交じりに告げる。

「では、先ほども言いましたが、今日は先輩たちにとことん付き合います。改めて、よろしくお願いしますね？」

「うん、よろしくー」

聖良は軽く承諾したが、大和からすれば簡単に片付けてはいけない話である気がした。

何せ、椿は聖良の親から送られた監視役も同然だ。そんな相手とこれから夜通し遊ぼうというのだから、よからぬ未来しか見えてこない。

「なあ、やっぱり仕切り直して後日にしないか？　せっかく夏休みに入ったんだし、昼間に集まった方が有意義に過ごせると思うんだけど」

危機感から大和がそんな提案するが、聖良も椿も揃《そろ》って首を横に振る。

「まだ遊び足りない気分なんだよね」

「わたしも、次はいつスケジュールを空けられるかわからないので。すでに覚悟はできましたし」

「そうですか……」

二人の決意は固いようで、渋々大和の方が折れることにした。

「じゃあ、えっと……一回帰って、夜にまた集まるんだったか？」

渋々ながら大和が尋ねると、聖良が笑顔で頷いてみせる。

「うん、そうしよ。時間はあとでメッセする。ちゃんと私服に着替えてきてね」

「はいはい。香坂さんも一度帰るのか？」

なんの気なしに大和が尋ねると、椿は困った様子で俯《うつむ》く。

「わたしは……一度帰れば、外出は許されないかもしれません」

「まあ、そうだよな……」

「だったら、私の家に来なよ。服も貸すし」

聖良の提案を受けて、椿はすぐさま頷く。

「では、お言葉に甘えてそうさせてもらいます」

話もまとまったところで、大和は「それじゃ、また後で」と告げて帰ろうとしたのだが。

「大和」

「ん？」

呼ばれて振り返ると、聖良が提案とばかりに言う。

「今度、二人でもプリクラ撮ろうね」

突然そんなことを言うものだから、大和は驚いて固まってしまう。

驚いたのは椿も同じだったらしく、聖良だけが満足そうに帰っていく。

「お、おう……」

赤面していることを自覚しながら、大和は小声で返事をした。


家に着いた頃、スマホが新着のメッセを受信した。

差出人は聖良で、『九時に駅前集合で』というシンプルな一文だった。

「カラオケでオールするには早い時間だな」

以前のように、ゲームセンターで時間を潰すつもりだろうか。

ともかく、今のうちに夕飯や入浴を済ませておかなければならない。

聖良にはああ言ったものの、夏休み初日からオールをするというのはテンションが上がるものだ。

「夏休みが始まったんだな」

自室でそんな独り言を呟《つぶや》いてから、大和はさっそく支度を始めるのだった。

# 三話　海と水着の聖女さん

午後九時過ぎ。

夜の繁華街はまだ人通りが多く、学生の姿もちらほらと見受けられる。

「……来ないな」

集合時間は過ぎているというのに、聖良《せいら》と椿《つばき》は未《いま》だに現れない。

大和《やまと》はといえば、ワクワクしすぎて集合時間の二十分前には着いていたというのに、おかげで上がりきったテンションが落ち着き始めていた。

それからさらに二十分ほどが過ぎたところで、遠くの方から小走りで向かってくる二人の姿を見つけた。

聖良は青いロングワンピースを、椿は色違いの白いロングワンピースを着ているので、遠目にもすぐにわかった。二人とも髪を編み込んでヘアアレンジをしているところを見ると、準備に手間取ってしまったのかもしれない。

「やっと来たか。遅れるなら連絡の一つくらい――って、ちょっ⁉」

合流するなり聖良が手を繋いできて、なぜだか大和まで走ることに。

状況が飲み込めていない大和は、瞬時に頭を回転させて推測する。

「もしかして、誰かに追われてるとか？」

「ん？　なに言ってるの？」

走りながら淡々と否定された。冗談半分で言ったこちらも悪いが、それにしてもひどい塩対応である。

「なら、どういうわけなんだよ」

「電車、間に合わないから」

「電車に乗るのか？」

「終電がもう行っちゃうんです！」

見かねた椿が口を挟んでくる。

どうやら駅前のカラオケではなく、どこか別の場所に向かうつもりのようだ。

しかし、この時間帯に『終電』とは、気が早すぎるのではないだろうか。

「終電って、まだ九時半だぞ。時間を間違えてないか？　一体どこに行くつもりだよ」

「内緒」

「海ですけど——って、先輩、倉木《くらき》さんに話していなかったんですか⁉」

「あー、バレちゃったか。大和には話さない方が驚くかと思って」

意思疎通ができていないのは、そちらの二人も同じだったらしい。

というよりもまず、

「海⁉　今から⁉」

動揺した大和が大声を上げると、椿は苦笑してみせる。

「聖良先輩が突然行きたくなったみたいで……。てっきり、倉木さんにはもう連絡されているものだとばかり思っていました」

「いやいや、初耳だよ……。白瀬《しらせ》は時々、なぜか秘密にしたがるからな」

確かに夏休みは海に行きたい～といった話はしたが、いくらなんでもいきなりすぎる。

そうこうしているうちに駅のホームに到着し、改札を抜ける。

そのまま階段を上がって、なんとか電車に乗り込んだ。

この時間帯の電車はなかなかに混雑しているが、ちょうど席が三つ空いたので並んで座る。急いで座ったので、大和が真ん中になってしまった。

「……ふう、間に合った」

ホッと安堵《あんど》した様子で、聖良がため息をこぼす。

「それで、どこの海に行くのか説明してもらえるんだろうな？」

「あれ、大和怒ってる？」

「……別に、怒ってるわけじゃないけど」

むしろ、今はワクワクしている気持ちの方が大きい。萎えていた期待感が一気に戻ってきた感覚だ。

「よかった。──場所はね、電車で三時間くらいで着くとこかな」

「結構かかるんだな、それで終電ってわけか。でも海に行くだけなら、もっと近場でもよかったんじゃないか？」

「それはまあ、そうなんだけど」

聖良は言葉を濁すと、ふいっと視線を逸《そ》らす。

続きを尋ねるつもりで椿の方を見ると、椿は苦笑しつつも口を開く。

「これから向かう場所は、白瀬家が保有しているプライベートビーチなんですよ。わたしは近場でも構わなかったんですが」

「な、なるほど……」

海は海でも、まさかプライベートビーチとは……。お金持ちはこれだから恐ろしい。

「でも俺、水着なんて持ってきてないぞ？」

「あー、そっか。──それはまあ、現地調達で。お金は私が払うし」

「いや、それくらいは自分で買うけどさ……。白瀬たちは持ってきているんだな?」

「うん」

「わたしは先輩からお借りしたものですけど」

こういった事態は今に始まったことではないので、ひとまず気持ちを落ち着ける。

それよりも、気になっていることが他にあるのだ。

「けど、どうしてこんな時間に? 明日になってからでもよかったんじゃないか?」

「それは——」

理由を話そうとした椿の口を、聖良が咄嗟《とっさ》に塞ぐ。聖良は大和を挟んで身を乗り出したものだから、目の前に聖良の横顔があってドキドキした。

そこまでするということは、その理由だけはよほどバラされたくないらしい。

聖良の内緒事は大和を『驚かせる』だけであって、本当に困らせるようなことはしないので、これ以上の追及は控えることにする。何より、そっちの方が楽しめそうだ。

「わかった、これ以上は聞かないよ。だからひとまず席に戻ってくれ」

言われた通りに聖良は席に戻ったので、大和はホッと安堵した。

「ただし、道案内は香坂《こうさか》さんに頼んでくれ。香坂さんも場所を知っているみたいだし」

「えっと、わたしは構いませんが」

「むぅ……」

むくれた様子で聖良が睨《にら》みつけてくる。いじけた子供みたいで可愛《かわい》い。

「他県で迷子はさすがに洒落《しゃれ》にならないからな」

「迷子になんてならないってば。タクシー呼ぶし」

「それなら安心だ」

「なんかムカつく。べつにいいけど」

そんなやりとりを眺めていた椿は、興味深そうに言う。

「お二人って、とても仲が良《い》いですよね。本当にお付き合いはされていないんですか？」

大和と聖良が交際しているか否《いな》かについて、椿から尋ねられるのはこれが初めてのはずだ。しかしこの聞き方からすると、聖良にはすでに聞いた後なのかもしれない。

良い機会なので、大和もはっきりと答えておくことにした。

「……確かに仲は良いけど、俺たちは友達だよ。それ以上でもそれ以下でもない」

はっきりと答えるつもりが、ついまどろっこしい言い方になってしまった。なぜだか、『付き合っていない』と口にする気にはなれなかったのである。

けれど、意味合いは同じはずだ。現に、聖良は『ほら、言ったでしょ？』とばかりに、椿の方を向いて頷《うなず》いている。

だが、椿の方は言葉の通りには受け取らなかったようで。何か含みのある笑みを浮かべ、大和を視線だけで煽《あお》ってくる。

「な、なんだよ。年下のくせに、あんまり先輩をからかうなよな」

「いえ、厳密にはまだ倉木さんの後輩になった覚えはないですし」

「それって、どういう基準で決まるんだ……？」

「さあ？　しいて言えば、尊敬に値するかどうか、でしょうか」

つまり椿は、今のところ大和を尊敬していないというわけだ。ストレートな物言いに、大和はたじろいでしまう。

「ふわぁ～」

大和と椿が静かな攻防戦を繰り広げている横で、聖良は呑気《のんき》に欠伸《あくび》をしてみせた。

そのせいで、場の緊張感は一気に弛緩《しかん》する。

気づけば周囲にひと気はなく、椅子に座る客もまばらになっていた。

「これ以上は体力を消耗しそうなので、ひとまずやめておきます」

「そうしてもらえると助かる」

そのまましばらくは会話もなく、何度か乗り換えをしながら電車に揺られるのだった。

ようやく目的の駅に着いた頃には、日付が変わっていた。

「……真っ暗だな」

寂れたホームを抜けたところで、大和はため息交じりに言葉をこぼす。

時間帯もあってかひと気はなく、街灯以外の明かりは居酒屋の看板と、遠くにぽつんと佇《たたず》むコンビニエンスストアの照明のみ。

聖良が呼んだというタクシーはまだ来ていないようで、周囲の見慣れぬ風景と相まって、妙に心細く思えた。

遠くからは波の音が聞こえる。海は近いようだが、わざわざタクシーを呼んだということは、プライベートビーチとやらは徒歩で行ける距離ではないのだろう。ここは大人しくタクシーの到着を待つほかないようだ。

「タクシーはもう来るんだよな？」

つい不安になって尋ねると、聖良はスマホを眺めながら頷いてみせる。

「そのはずだよ、あと五分くらいかな。着いたら連絡を入れてくれるみたいだから、どこかで時間を潰そっか」

「なら、そこのコンビニに寄るか。外は暑いし」

「うん」

「はい」

コンビニに入ると、クーラーの冷風が吹きつけてきて、火照《ほて》った身体《からだ》を冷やしてくれる。

他に客の姿はなく、やる気のなさそうな店員がレジでボーッと立っているのみであった。

「飲み物とお菓子と、あとは軽食もあった方がいいよね」

聖良は独り言を呟《つぶや》きながら、カゴにぽんぽんと品物を入れていく。

それとは対照的に、椿はスポーツドリンク一本で済ませるつもりのようだ。

「香坂さんは飲み物だけか。節約になるし、俺もそうするかな」

「その、こういった店の食品を進んで口にしたいとは思わないので。それに今日は、ただでさえカロリー過多ですし」

さすがは現役バレリーナといったところか。きっと普段から栄養面を気にして過ごしているのだろう。日々、ラーメンばかり食べている聖良とは大違いである。

「なるほど。いろいろと大変なんだな」

言いながら、大和は雑貨コーナーに並んでいた海水パンツをカゴに入れる。これは必要経費である。

「ふんふふ～ん♪」

店内で流れているチープなＢＧＭに合わせて、聖良が鼻歌交じりにアイスをカゴに入れていく。

　そんな様子を大和と椿は眺めて、小さくため息をついた。だが、自分で我慢すると決めたのだ。恨めしく思うが、聖良に非がないことはわかっている。

「精算を済ませましょうか」

「だな」

　先に大和と椿はレジで品物を購入して、店の外に出た。

　店の前に設置されたベンチに腰を下ろして、飲み物に口をつける。

　渇いた喉が潤されたことで、二人揃《そろ》って小さく息をついた。

「「ふぅ」」

「この辺りって、本当に暗いですね」

「こうも明かりがないと、さすがに不気味だよな」

「こんな遅い時間に同年代の方と外にいた経験はなかったので、なんだか少し不安になっちゃいます」

　椿は笑みを浮かべているが、それでも言葉通りに不安なのが伝わってくる。

　その姿は、初めて夜の街に繰り出したときの大和と重なるところがあった。あのときの不安でいっぱいだった気持ちは、今でも鮮明に覚えている。

　とはいえ、今だって大和に不安がないと言えば嘘《うそ》になる。ここは見知った街中ではないし、夜中に見知らぬ土地にいるというのはスリルがあった。

「ほんとに、どうしてこんなことになったんだか……。香坂さんは、白瀬が隠している目的を知っているんだよな?」

「ええ、まあ……。ですが、せっかくここまで来たんですし、ネタバラシはしませんよ」

「まあ、そうだよな」

そうして会話を一通り終えても、聖良はまだ出てこない。

正直、今の状況は気まずい。店内に聖良はいるものの、この場は椿と二人きりと呼べる状況だし、かといってすぐさま気の利《き》いた話題など思いつかない。

いっそ聖良との関係について尋ねてみようかとも思ったが、いつ聖良が戻ってくるかわからない以上、それも気が進まなかった。

あれこれ悩んでいるうちに、椿が先に口を開いた。

「そういえば、倉木さんは何か部活動とか入っているんですか?」

「いや、特には……」

「そうですか」

……会話終了。

せっかく相手が気を遣って話題を振ってくれたというのに、何も話を広げずに終わってしまった。

　これではいけないと思い、大和はすかさず質問を返す。

「えっと、香坂さんはバレエをやっているんだよな。いつから習っているんだ？」

「始めたのは初等部の低学年の頃なので、十年近く続けていることになりますね」

「すごいな、バレエ一筋ってわけか」

「いえ、初めはバレエ以外にも様々な習い事をしていました。ピアノに書道に華道、武道の方面も習っていたことがあります」

「そうだったのか。なんか白瀬みたいだな」

　富裕層の子女たちは皆、幼い頃からそういうものなのだろうか。一括《ひとくく》りにするのはあまりよくないが、そんな風に思った。

　しかし、二人の境遇は同じというわけでもないのか、椿は首を左右に振ってみせる。

「全然違いますよ。わたしの場合、初等部のうちに全部やめていますから」

「それってやっぱり、バレエが一番好きだったからか？」

　すると、椿は俯《うつむ》きがちになって答える。

「いえ、そんな崇高な理由じゃありません。単純に、わたしにとって一番得意なものがバレエであって、まだ勝てる可能性があった――というだけです」

「えっと、その勝てるっていうのは……」

困惑する大和に対し、椿は自嘲気味に笑って答える。

「はい、聖良先輩に対してです。それだって、見当違いも甚だしかったわけですが」

やはり、比べていた相手は聖良だったようだ。

つまり椿は、幼少期から聖良をライバル視していたらしい。

「な、なるほど……。二人はそんな関係だったのか」

何かに没頭したり、全力で誰かと競い合ったりしたことのない大和にとって、こういった話はどこか遠いもののように思えた。

ゆえに、どう反応すればいいのかわからず、とりあえずは相槌《あいづち》を打つような返答しかできなかった。

そんな大和の心中を察したのか、椿は優しく微笑《ほほえ》みかけてくる。

「とはいえ、それも昔の話です。今はとっくに現実を受け止めていますし、聖良先輩に対して無駄にライバル意識を向けたりはしないので、安心してください」

「そうか。二人はてっきり仲が悪いのかと思って、少し心配になったよ」

「仲が悪いだなんて、そんな。今も昔も、先輩はわたしにとって憧れの存在です。それだけは変わらないですし、だから今日だってわざわざ会いにきたんですよ」

含みのあるその言葉に、大和は少し違和感を覚えた。

とはいえ、椿の笑顔を前にしては、これ以上追及する気にもなれず。

「うん、香坂さんが白瀬に憧れているのは十分伝わってるよ」

「ふふ、それならよかったです」

会話が一区切りついたところで、未《いま》だに店から出てこない聖良が気になって振り返ると、レジで精算をしている最中だった。品物を大量に買ったせいで時間がかかっているようだ。

ふと隣に視線を戻すと、椿が寂しそうに俯いていた。

「……その、白瀬も久々に香坂さんと会えて嬉《うれ》しかったと思うよ。素っ気なく感じるかもしれないけど、いつもよりテンションが高い気がするしさ」

彼女の気持ちを紛らわせようと、大和はそんな言葉をかけた。

すると、顔を上げた椿は強がるように微笑んでみせる。

「先輩のテンションが普段よりも高いのは、夏休みに入ったからでは？」

「うっ……確かに、それもあるかもしれないけど」

「ふふ、お気遣いありがとうございます。倉木さんは本当に優しい方ですね」

「いや、普通だって……」

「おまたせ」

そこでようやく聖良が店から出てきた。両手にビニール袋を提げて、やけに満足そうである。

「たくさん買ったみたいだな」

「まあね。――ほら、みんなで食べよ」

聖良はそう言って、購入したばかりのフルーツアイス（一口サイズ八個入り）の箱を差し出してくる。

大和がアイスの購入を我慢したのは、あくまで節約のためである。ゆえに貰《もら》えるのであればと、遠慮なく口に入れる。

すると、口いっぱいにひんやりとした感触と果物の甘さが広がり、火照った身体がリフレッシュした。

「ん～、夏のアイスは格別だな」

顔を綻ばせて感動する大和を見て、椿も我慢ならなくなった様子で一粒口に含んだ。

「――ッ」

椿は一瞬だけ目を見開いてから立ち上がると、そのままコンビニへと入っていった。

代わりに聖良が大和の隣に座って、夜空を見上げながら、アイスを口に放り込む。

「やっぱり、アイスを食べなきゃ夏休みが始まったって感じはしないよね」

「そのせいで、香坂さんのバレエに悪い影響が出ないといいけどな。だいたい、夕方にも食べただろ」

再び椿が店内に入ったのは、自分用のアイスを買うためだろう。どうやら一口食べたことで、欲求を抑えられなくなったらしい。

「ま、私はアイスだけじゃなくて、唐揚げも食べるけどね」

「忙《せわ》しないな……。というかこの時間に唐揚げって、さすがに太るんじゃないか？」

「平気だよ。私、いくら食べても太らないし」

聖良は呑気《のんき》に言いながら、ぱくぱくと一口サイズの唐揚げを口に放り込んでいく。

「俺は知らないからな」

「ほんと、世の中は不公平ですよね……」

店から出てきた椿が棒アイスを口にしながら、恨めしそうに聖良を見つめて言う。

そんな視線を聖良は気にもせず、あっという間に唐揚げを平らげてから立ち上がった。

「もうタクシー着いたみたい。行こ」

聖良のマイペースさに、大和と椿は顔を見合わせて苦笑いしてから、彼女の後に続いた。

タクシーに乗り込んでしばらく山道を走ったところで海沿いの道に出た。

途中、運転手から学生同士の旅行かと尋ねられた際にはひやっとしたが、助手席に座った聖良が大学生だと嘘をついたことで、難なくやり過ごすことができた。

そうして三十分ほど経《た》ったところで、目的地らしき場所に到着する。

代金は聖良が払うつもりだったようだが、大和が意地を張ったこともあって、割り勘となった。大和にとっては痛い出費であったが、プライドを守るためなら安いものである。

タクシーから降りると、私有地を示す立札があった。

行く手を遮るチェーンを聖良は躊躇《ちゅうちょ》なく跨《また》ぐと、そのますたすたと先を歩いていく。

「なあ、念のために聞くけど、許可は取ってあるのか？」

不安になった大和が尋ねると、聖良は足を止めて振り返る。

「ううん。だから別荘には入れないけど、海は使えるはずだよ」

「そんなことだろうと思ったよ……」

もっと計画性だとか、慎重に行動することを覚えてほしいが、それも今さらである。

大和が観念してチェーンを跨ぐと、椿もその後に続いた。

それから傾斜の緩い上り坂を進んでいくと、広場に出た。そこには木造の建物――ログハウスがいくつも並んでいた。

道なりに連なるように建てられたログハウスには、どれも照明が点《つ》いていない。時間帯のせいかと思ったが、中に人の気配を感じなかった。

「誰も利用していないんだな」

「まだ七月だしね。けどもう少ししたら、親戚たちでいっぱいになると思うよ」

「親戚だけでここを全部、ね」

この一帯を親族のみで使うとは。やはりお金持ちというものは、大和とは別世界の住人のようだ。

辺りを見回しながら驚いている大和とは違い、椿は何を思うでもなく歩いているように見えた。

「やっぱり、お金持ちからすればこういうのも普通なのか？」

気になって椿に尋ねると、すぐさま首を左右に振ってみせた。

「いえ、いくつも別荘を所持している家系なんて、そうはありませんよ。わたしの家も、別荘は一つしか持っていませんし」

「一つはあるんだな……」

「一応ですけどね。確かに、普通は別荘なんて持っていないものかもしれません」

驚きを通り越して呆《あき》れている大和の反応が面白かったのか、椿はくすくすと笑っている。

そんな風に話しながら進むうちに下り坂に入り、しばらくすると視界が開けた。

「おぉ……」

思わず感嘆の声がこぼれる。

眼下には、夜の海が広がっていた。

その光景は一見すると暗く、どこか不気味に思える。だがそれ以上に、広大な自然の風景が胸を高鳴らせた。

少し前から潮の香りがしていたので近いのではと思っていたが、まさか本当に徒歩で数分の場所にプライベートビーチがあるとは。実際に目にすると、驚きで言葉が出なかった。

「この辺りも、やっぱりまだ暗いですね。それに風が強くて、少し肌寒いです」

椿はそう言いながら、強風に煽《あお》られる髪とワンピースの裾を必死に押さえている。その仕草はやけに色っぽい。

それに比べて、同じようにワンピースを着ている聖良は風を全身に受けながら、気持ち良さそうに両手を広げているのみだ。少しは椿を見習ってほしいものである。

「とりあえず、下見終了だね。戻ろっか」

「泳いだりはしないのか？」

「まだ暗いし、泳ぐのは危ないよ。しばらくはログハウスの方で仮眠かな」

「はあ……？　って、じゃあどうしてこんな遅くに来たんだよ」

「内緒」

ここまで来ても、聖良は目的を話すつもりはないらしい。椿はといえば、『まだ気づかないんですか？』と言わんばかりに呆れた様子でこちらを見ている。

「ほんと、振り回されてばっかりだな……」

呆れているのはこっちの方だと思いながら、先を歩く二人に大和も続いた。

そうして再び別荘のある広場まで戻ってから、ベンチで仮眠を取ることになった。

「じゃ、おやすみ～」

ごろんと横になった聖良は、そのまま本当に眠ってしまった。

「倉木さんも、二時間後には起きてくださいね。それでは、おやすみなさい」

椿に言われて、大和はようやく聖良の目的を理解できたような気がした。

「ああ、おやすみ。せいぜい寝過ごさないように気を付けるよ」

大和はそう言ってから、二人とは少し離れた位置にあるベンチに横になった。

とはいえ、こんな特殊な状況下ではとても眠れる気がしないのだった。

――ピロリロリン……。

軽快なアラーム音が耳に届いたことで、大和の意識が覚醒する。

疲れていたせいか、知らぬ間に眠っていたらしい。

重い瞼《まぶた》をこじ開けると、辺りは少し明るんでいた。

上半身を起こして聖良たちの方を見遣《みや》ると、椿が起き上がるのが目に入った。

だが、どうやら聖良はまだ起きていないようだ。

大和はため息をついてから、聖良のもとへと近づいていく。

「……白瀬、時間だぞ。日の出、見るんだろ」

そう声をかけると、聖良はむくりと起き上がった。

「んー……大和も気づいてたんだ」

「さすがにな。──で、行くのか？　それとも、もう少しここで寝てるか？」

「ん、行く」

三人揃《そろ》って手洗い場まで行き、顔を洗ってから海の方へと歩き出す。

「う、わたしすっぴんでした……」

すっぴんであることに気づいた椿は慌てて顔を覆ったものの、もう遅い。すでに大和はしっかりと確認済みである。

「べつに平気だと思うぞ。ほら、普段とそんなに変わらないし」

「それ、怒らせようとしてます？」

「してないしてない！　断じて、本当に！」

笑顔で目元をひくつかせる椿があまりにも怖かったので、大和は必死に否定してみせる。

大和なりにフォローしたつもりだったのだが、気に障《さわ》ったらしい。女心というものは難しいなと、大和は改めて痛感させられた。

「椿はすっぴんでも可愛《かわい》いよ。それに私もすっぴんだし、気にする必要ないよ」

そこで聖良がさらりと会話に混ざってくる。聖良のことだからきっと、大和をフォローしているのではなく、思ったことを正直に口にしただけだろう。

ところが、その発言を聞いた椿は気をよくするどころか、むしろ不機嫌になったように見えた。苛立《いらだ》ちを隠そうともせず、聖良を睨《にら》み付ける。

「すっぴんでも綺麗《きれい》すぎる聖良先輩に言われると、嫌みにしか思えないんですが」

「ふふ、ありがと。ケアは割と頑張ってるからね」

「はぁ……まったく、この人は」

どうやら聖良のマイペースさには、椿も敵《かな》わないようである。すっかり毒気を抜かれた様子だ。

おかげで大和の問題発言も帳消しになったようだし、ひとまず胸を撫《な》で下ろした。

そうこうしているうちに、プライベートビーチに到着した。

薄《うっす》ら明るんだ海からは、数時間前の不気味さは感じられなかった。

砂浜に足を踏み入れたところで、聖良が大きく伸びをする。

「ん～、気持ちいい～」

「相変わらず風は強いですが、気温も上がってきましたね」

「時間帯でこうも景色が変わるんだな。――白瀬、日の出の時間は調べてあるのか？」

聖良はスマホを確認してから頷《うなず》いてみせる。

「あと五分くらいかな」

「もうじきか」

砂浜に三人並んで腰を下ろし、日が昇る時間を無言で待ち続ける。

それから数分が経ち。

「「「あ――」」」

三人揃って声を上げてから、一斉に立ち上がる。

遠くに見える水平線が明るくなったかと思えば、眩《まばゆ》い光が視界いっぱいに広がった。

朝日が出たのだ。

「綺麗ですね」

「ああ」

すぐさま陽光が辺り一面を照らし、海の景色は様変わりする。

その頃には、大和たちの目も朝日の眩さに慣れ始めていた。

「どう？　すごいでしょ」

感動する二人に向かって、聖良がドヤ顔で言ってみせる。まるで自分が太陽を呼び寄せたと言わんばかりの態度である。

「なんで白瀬が偉そうなんだか」

「それはほら、なんとなく」

「なんとなくなのか……。まあ、白瀬が連れてきてくれたおかげでこの日の出を見られたわけだから、感謝はしてるけどさ」

「わたしも、日の出を見られてよかったです。ありがとうございます」

「どういたしまして。――ふわぁ、もうひと眠りしよ」

二人に感謝されてすっかり満足したらしい聖良は、元来た道を引き返していく。

その後に大和も続こうとしたところで、椿が未《いま》だに水平線を眺めていることに気づいた。

「香坂さん？」

「これも、初日の出と言うんでしょうか」

「へ？」

椿がそんなことを言い出したので、大和は困惑していた。

初日の出とは、元日に見る日の出を指した言葉のはずである。

振り返った椿は、ハッとした様子で補足するように言う。

「いえ、ここへ来る前に聖良先輩がそんなことを言っていたので。夏休みの最初の朝に見る日の出だから、初日の出と……」

「へ、へぇ……」

「なので、わたしが言い出したわけではないです！」

「はは、わかってるって。白瀬が言い出しそうなことだしな」

焦《あせ》る椿を見るのはなんだかおかしくて、大和はつい笑ってしまった。

それが気に食わないらしい椿は頬を膨らませながら、くるりと踵《きびす》を返す。

「もう見なくていいのか？　初日の出は」

「あんまり後輩をからかわないでください。――さて、わたしたちも戻りましょうか」

「だな」

二人がログハウスのある広場まで戻ると、すでに聖良はベンチの上で横になっていた。

「ほんとにマイペースだよな、白瀬は」

「まったくです。倉木さんもこんな人と友達だと大変でしょうね」

「まあな。けど、それを言ったら香坂さんだってそうだろ」

「わたしは……ええ、そうですね。わたしも他人《ひと》のことは言えないかもしれません」

なぜだか寂しそうに微笑《ほほえ》む椿を見て、大和は違和感を覚えた。

以前、聖良は椿のことを『友達っていうのとは違うかも』と言っていた。それが関係しているのだろうか。

とはいえ、今は訊《き》けるような雰囲気ではないので、大和は大人しく眠ることにした。

「それじゃ、おやすみ」

「はい、おやすみなさい」

再びそんな挨拶を交わしてから、元のベンチに横になる。

綺麗な日の出を見た後だからか、今回はすぐに眠りについたのだった。


「――大和、起きて」

聖良の声が聞こえた。

重い瞼を開けると、ぼんやりとした視界に聖良の顔が映り込んでくる。

「んん……」

「もうお昼だよ？　私たちは準備万端なんだけど」

そう告げる聖良の顔は、確かにナチュラルメイクで美しく彩《いろど》られている。

それに、鮮やかな青色のビキニが彼女の白い肌を際立《きわだ》たせていて――

「――って、水着⁉」

聖良のビキニ姿を認識したことで、大和の意識は一瞬にして覚醒した。

飛び起きた拍子にベンチから転げ落ちると、ビキニ姿の聖良が手を差し出してくる。

「あ、どうも」

目のやり場に困りながら立ち上がった大和に対して、聖良は呆《あき》れ気味に言う。

「これから泳ぐんだし、水着なのは当たり前でしょ。大和も早くご飯を食べて、水着に着替えなよ」

聖良が指差したテーブルの上には、惣菜《そうざい》パンやおにぎりが置いてあった。どうやら大和が寝ている間に買ってきたらしい。

「そんな、さも当然のように言われてもな……。寝起きには刺激が強すぎるというか」

「ん？　なにが？」

「いや、なんでもない。――そういえば、香坂さんは？」

「あれ？　さっきまではそこにいたんだけど」

「まあいいか。とりあえず、これでも着といてくれ」

脱いだTシャツを聖良に手渡すと、聖良は不思議そうに小首を傾《かし》げる。

「これから泳ぐのに？」

「だとしても、せめて海に着くまでは着ておいてくれ。じゃないと、俺が困る」

「変なの。まあいいけど」

言われるがままに大和のTシャツを着た聖良は、そのまま準備運動を始めた。

自分で着させておいてなんだが、Tシャツの裾からチラチラと見える聖良のビキニが煽《せん》情的《じょうてき》で、朝からそわそわして落ち着かない。

上半身は裸のまま、大和は用意されていた歯ブラシセットと洗顔クリームを使い、パンとおにぎりを食べ終えてから、建物の隅で海パンに着替える。ついでに靴も脱いで素足になった。

「待たせたな。俺も準備完了だ」

「よし、行こ。椿は先に行ってるみたいだから」

待ちくたびれたとばかりに、聖良は大和の手を引いて歩き出す。

相変わらず聖良のスキンシップは自然というか、ふいにされるのでドキドキしてしまう。

それに今は恰好《かっこう》が刺激的すぎる。互いに肌の露出が多いものだから、手が触れ合うだけで意識せざるを得ない。

——と、そんな風に悶々《もんもん》としていたところで、急に視界が明るくなった。

海辺に出たことで、日差しが照りつけてきたのだ。

「うっ、眩《まぶ》しい」

「夏って感じだねー。——あ、椿だ」

なんとか大和も砂浜の方を見ると、ちょこんと体育座りをする椿の姿があった。

椿は水着の上にジャージを羽織っている。どうやらこちらには気付いているらしく、挙動不審な様子で視線を向けてきていた。

「おーい」

聖良が手を振りながら、砂浜へ駆けていく。だが、もう片方の手はしっかりと大和の手を摑《つか》んだまま離さないので、一緒に走るハメになった。

白い砂浜はクッションのように独特な感触をしていて、うっかり気を抜くと転んでしまいそうになる。

「ちょっ、白瀬、足場が悪いのに走るなよ!」

「平気だって、転んでも砂の上なら痛くないだろうし」

「それって転ぶ前提じゃ——って、うわ!?」

「きゃっ」

言ったそばから大和は足がもつれて、つられた聖良ごと倒れ込んでしまう。

「「…………」」

その結果、大和が聖良の上に覆い被《かぶ》さる形となってしまい、すぐさま身体《からだ》をどけようとしたところで、二人の視線が交差した。

ごくり、と。反射的に大和は生唾を飲んだ。

すぐ近くに、聖良の顔がある。透き通るような瞳は真《ま》っ直《す》ぐにこちらを見据え、形の良《い》い唇が何かを言いたそうに開かれている。

自らの鼓動が速くなっているのがわかる。それに顔が熱い。

至近距離で見つめ合っていると、その瞳に吸い込まれそうな感覚に陥ってしまう。このままではだめだと思いながらも、彼女から目が離せない。

（……いや、流されるな！　しっかりしろ、倉木大和！）

その刹那の間に、大和はなんとか理性を奮い立たせて身体を離し、立ち上がるなり手を差し出す。

「ご、ごごご、ごめん、大丈夫か？」

平静を装《よそお》うつもりが、舌が回らなくて焦る。

そんな大和を馬鹿にする素振りも見せずに、聖良は手を取って頷《うなず》いてみせる。

「大丈夫、ありがと。やっぱり痛くなかったね」

「あ、ああ……」

立ち上がった聖良は大きく伸びをしてから、大和の方に向き直ってくる。

「ていうか、大和って綺麗《きれい》な目してるね」

「ぶふっ⁉」

いきなりそんなことを言われたせいで、大和は思いっきり吹き出した。

ついでにむせてしまい、聖良が背中をさすってくる。

「大丈夫？」

「あのなぁ……」

今もそうだが、聖良がTシャツを着ていてくれて本当によかったと心の底から思った。

でなければ、理性が崩れて何をしでかすかわからなかったからだ。

じーっと。

そこで椿からの視線に気づく。明らかにジト目を向けてきている。

「……ケダモノ、ですね」

そして軽蔑するような言葉を大和にぶつけてきた。そのせいで大和はすでに帰りたい気分である。

「よしっ」

だが、聖良はもう気にしていないようだ。

急に掛け声を発したかと思えば、そのまま勢いよくTシャツを脱いでみせたのだから。

やはり白い素肌に青いビキニは映える。海を背景にした聖良の水着姿は、まるで映画のワンシーンのように、どこか芸術的な美しさを感じさせた。

当然、大和は目を奪われていたわけだが、椿の視線で再び我に返る。

咄嗟《とっさ》に見ていないふりをしたものの、時すでに遅し。椿がにこやかに口を開く。

「失念していましたが、倉木さんも男子なんですよね。今後はもっと気を付けます」

「いや、香坂さんは失念しているどころか、最初からもろに警戒してるじゃないか。ばっちりラッシュガードなんて着込んじゃってさ」

「それは……思ったよりも水着が派手で、似合っていないと思って……」

反撃されるのは予想外だったのか、しどろもどろになる椿。

そんな椿のもとへ、聖良は駆け寄っていったかと思うと、

「えいっ」

勢いよくファスナーを下ろして、椿のラッシュガードを脱がせてしまった。

すると、水玉模様の赤いビキニが露《あら》わになって——

「きゃあ!? ――なにするんですか、先輩!」

恥ずかしさに顔を赤く染めながら、椿が必死に抗議している。

見るべきではないとわかっていても、大和の視線は椿の水着姿に釘付《くぎづ》けになってしまう。

「って、倉木さんも! そんなにまじまじと見ないでください!」

「ご、ごめん!」

大和は慌てて後ろを向いたが、そこでふと冷静になる。

「でもここは海なんだし、別に水着を見るのは普通なんじゃないか?」

「うぅ……それでも、心の準備は必要なんです。男の人の前でこんな薄着になるなんて……恥ずかしいです」

女子校育ちゆえか、椿はそういったことに抵抗があるようだ。

その恥じらう姿がまた可愛《かわい》らしいのだが、ここは彼女の言うことを聞いて、しばらく後ろを向いていることにした。

「……もう、こちらを向いても大丈夫です」

そう声をかけられたので、大和は後ろを振り返る。

すると、水着姿の椿がもじもじとしながら、十メートルほど離れた位置に立っていた。

「あー……えっと、似合ってると思うよ、その水着」

半ば呆れ気味に大和が言うと、椿は申し訳なさそうに「すみません……」と言う。

「まあ、そのうち慣れるって。大和の言う通り、似合ってるしね」

対照的に、聖良は恥じらいなど微塵《みじん》も感じさせない堂々とした態度で、椿を励ます。

「その、言うのが遅くなったけど、白瀬も似合っ――うおっ⁉」

そこで聖良は二人の手を引くと、海に向かって走り出した。

「先輩、まだわたし、心の準備が……」

「俺も準備運動がまだ――って、冷たっ！」

海水に足を踏み入れると、予想外に冷たくて驚いた。

それでも構わず、聖良は二人の手を引いたままジャンプする。

「「わっ⁉」」

ざぱーん、と波に打たれて、三人とも一瞬にしてびしょ濡《ぬ》れになった。

「あははは、気持ちいーね。でもしょっぱーい」

聖良が笑い出したことで、大和も椿も顔を見合わせて笑った。

それからは互いをあまり意識せずに、水をかけ合ったり、ビーチバレーをしたりと、夏のプライベートビーチを満喫した。

……のだが、やはり大和が全く意識しないというのは無理な話で。

「あっ」

海中でバランスを崩した聖良がもたれかかってきて、それを受け止めた大和は理性が爆発しそうになっていた。

何せ、水着姿の聖良とこうも密着しているのだ。当然、その豊かなバストにも触れていて、瑞々《みずみず》しくも柔らかな感触に、どうにかなりそうであった。

じーっ、と。

そのとき椿の冷たい視線を感じて、なんとか理性を取り戻す。

「だ、大丈夫か？」

「うん、平気。ありがと」

――ゴロゴロ……

そのとき、轟音《ごうおん》が聞こえた。

遠くに黒々とした雲が見える。先ほど聞こえた音は雷鳴だったようだ。これは近いうちに一雨来そうである。

「まずいな、降ってこないうちに上がろう」

「だね」

「はい」

三人が海から上がった頃には、空は雲に覆われていた。

急いでログハウスの広場まで戻ったところで、ぽつりと雨粒が鼻の頭を掠《かす》める。

そして、瞬《また》く間に豪雨となった。

幸い、雨を凌《しの》げる東屋《あずまや》があったので、そこで止《や》むまでの時間を過ごすことになった。

なったのだが……。

「わー、シャワーだー」

海水でベタベタになったという理由で、聖良がシャワー代わりに雨を浴び始めたのだ。

「先輩、いくらなんでも自由すぎますよ……」

「風邪を引いても知らないからなー」

大和と椿は呆《あき》れながらもその様子を遠目に見ている。

ビーチの方へ向かえば、備え付けのシャワーを使用することができる。そのため、雨が止むのを待てばいいのだが、聖良の場合は合理性よりも気分が優先されるようだ。

「ねぇ」

聖良が雨に打たれながら、二人に向かって声をかけてくる。

二人が首を傾《かし》げると、聖良は無邪気に笑ってみせた。

「二人も来なよ、すっごく気持ちいいから」

あまりにも気持ち良さそうに言うものだから、自然と心が惹《ひ》かれる。

「仕方ないな」

「ベタついた身体《からだ》は、なるべく早く洗いたいですしね」

そう言い訳しつつも、二人はワクワクしながら外に出る。

すると、その豪雨は確かにシャワーのようで、海水でべたついた身体を洗うにはぴったりであった。

「わ、悪くないな」

「でしょ」

「でも、少し勢いが強すぎませんか？」

「まあ、強めのシャワーってこんな感じだし」

「そういうものですか」

「そーそー」

そんな他愛《たわい》のないやりとりを交わしているうちに、雨の勢いが弱まり始めた。どうやら、にわか雨だったようだ。

「えー、もう終わりかー」

「残念そうにするなよ。本物のシャワーを浴びに、ビーチへ行こうぜ」

「だね。雨ってあんまり綺麗じゃないらしいし」

「浴び終わった後に言うなよ……」

「最悪です……」

気を取り直してタオルを手に、三人はシャワーを利用しにビーチへ向かう。

シャワー室は個室に分かれていたが、隣り合っているせいで音は丸聞こえだった。

「ふぅ、さっぱりした」

「「疲れた……」」

そのせいでシャワーを浴び終えた頃には、大和と椿は疲れきっていた。

「じゃ、目的は済んだし帰ろっか」

着替えも済ませて、さっぱりした様子の聖良はそう言ってから歩き出す。

ここで言う目的とは、海で日の出を見ることと、泳いだりして遊ぶことだろう。そういう意味では、今回の目的は達成したといえる。

では、椿の目的――聖良が道を踏み外していないか判定する、という方の目的はどうだったのだろうか。

普通に考えれば、深夜の外出という高校生らしからぬことをしている時点でアウトだが。

「倉木さん?」

立ち止まって考え込んでいたので、椿が心配そうに声をかけてきた。

大和は椿の方へと向き直り、直球で尋ねてみることにした。

「香坂さんは、白瀬が道を踏み外していないか判定するって言ってたけど、結論は出たのか？」

この場で尋ねられることが意外だったのか、椿はきょとんとしながら答える。

「そうですね、予想よりも遥《はる》かに羽目を外しているようでした。道を踏み外していないかと言えば、完全にアウトですよね」

「まあ、そうだろうな……」

「ですが、それはあくまで『有り体に言えば』の話です。わたしが見定めたいのは、もっと別のことです。その点はまだ判断できていないので、ご安心を」

ご安心を、と言われても、意図がわからなければ安心はできない。

あえてぼやかすような物言いに、大和は若干の苛立《いらだ》ちを覚えながら返答する。

「結局、香坂さんは何がしたいんだ？」

「わたしはただ、状況をあるべき形に戻したいだけです。――これ以上は、またの機会に」

つまり、これ以上の追及は受けつけないというわけだ。

歯がゆさを感じながらも、大和は頷《うなず》いた。

代わりに、一つ尋ねることにした。

「なら一つだけ。香坂さんは、この二日間を楽しめたか？」

その問いに対して、椿はすぐさま頷いてみせる。

「はい。初めての経験ばかりで、とても楽しませてもらいました」

にこやかに語るその姿に、嘘偽《うそいつわ》りはないように思えた。

「ならよかったよ。俺も――」

「おーい、急がないとバス来ちゃうよー」

そのとき、聖良が呑気《のんき》に声をかけてきた。

どうやら帰りはバスを利用するらしい。田舎のバスは運行数が少ないというし、乗り損ねるのは避けるべきだろう。

「ああ、わかってる」

そう返答してから、「行こうか」と椿に声をかけると、すぐに頷いてみせた。

白瀬家の私有地を抜けてすぐの位置にあったバス停に着いたところで、ちょうどバスがやってきた。

車内はがらがらに空《す》いていたので、最後方の席に並んで座った。

バスに乗り込んでからしばらくして。

疲れのため大和が眠りかけていたところで、椿に肩をつつかれた。

「ん？ どうかした？」

無理やり意識を覚醒させて返答すると、椿は申し訳なさそうに言う。

「すみません、起こしてしまいましたか？」

「いや、大丈夫だよ」

「よかったです。──実は、連絡先を交換したくて」

「ああ、なるほどね」

なるほど、なるほど、と大和は何度も頷きながらポケットに手を入れる。

だが、手が震えているせいで、スマホが上手《うま》く取り出せない。

端的に言うと、美少女から連絡先を聞かれたことに動揺していた。

ちなみに、聖良は椿の隣でぐっすりと眠っていた。とても気持ち良さそうである。

「どうかしました？」

「いや、ちょっとスマホが──よし」

ようやく取り出せたので、そのまま連絡先を交換する。

「ありがとうございます。また遊んでくださいね」

椿はにこやかに言う。

こうして話している限りは好意的に見えるものの、椿の本心は読み取れずにいた。

それからほどなくして、バスは駅に到着した。

熟睡中だった聖良を起こすのには苦労したが、なんとかバスを降りて電車に乗る。

その頃には日が傾いており、家に着く頃には夜になっているだろうことが予想された。

電車に乗っている間は、疲れのせいか会話はなく。

何度か乗り換えをして、途中で椿とは別れることになった。

「それでは、わたしはここで」

「ああ、気を付けて」

「バイバーイ」

椿は車両から降りたところで、何かを思い出したように振り返って言う。

「お二人ともありがとうございました。聖良先輩に倉木さんも、また連絡しますね」

最後にそう言って、椿はにこやかに手を振ってきた。

そのまま椿に見送られるように、電車は発車した。

「連絡先、交換したんだ？」

明らかに匂わせる形で椿が言い残していったせいか、聖良が無表情で尋ねてくる。

別に後ろめたいことはないのだが、大和は気まずく思いながらも頷く。

「そっか。仲良くなったんだね」

「ま、まあ、丸二日、一緒にいたわけだしな」

「うん、そうだね」

淡々と受け答えをする聖良。

やはりこういうときには、なにを考えているのかわかりづらい。

とりあえず、別の話題を振ってみることにした。

「にしても、疲れたな。座れたのはラッキーだったよ。足が筋肉痛でもうパンパンだ」

「だねー。ちゃんとマッサージしないと残るかもよ？」

「そうだな、風呂上《ふろあ》がりにでもやっておくよ」

割と強引に話題を変えたが、聖良は特に気にしていないようだ。

ホッと安堵《あんど》しつつ、大和は自然と会話を続ける。

「というか、この二日で手持ちはすっからかんだ……。まだ夏休みは始まったばかりだっていうのに、これはいよいよ日雇いのバイトを始める必要がありそうだな……」

「へー、バイトするんだ？」

興味津々《きょうみしんしん》といった様子で聖良が顔を覗《のぞ》き込んでくる。

なぜか嫌な予感がした大和は、自然と顔を背ける。

「まあな。まだどこで働くとかは決まってないけど、一応目星は付けてるんだ」

「面白そう。私も一緒にやってみようかな」

「へ？」

思わず顔を向けると、至近距離で聖良と目が合った。

少し日に焼けたその顔は、相変わらずとんでもなく綺麗《きれい》で、つい視線を逸《そ》らしてしまう。

「じょ、冗談だろ？　日雇いのバイトなんて、大抵は力仕事だぞ」

「わかんないけど、大和と一緒なら楽しそう」

ふっと微笑《ほほえ》んでみせる聖良。どうやらすでにやる気になっているらしい。

――面白そうだと思ったことに、素直にぶつかっていく。

それは簡単に見えて、しかし大和にとってはこの上なくハードルが高いものであった。

何せ、大和はまずリスクとリターンを計算してしまう。加えて、ネガティブ寄りの思考が予測を悪い方向に持っていくので、どうしても行動に出るのが遅くなるのだ。

それに比べて、聖良はアクティブかつ単純明快だ。

彼女のそういったところに、大和は憧れてやまないのであった。

「白瀬のそういうところは、ある意味で尊敬してるよ」

「ありがと。私も自分のこういうところ、結構好きだから嬉《うれ》しいな」

聖良のこういう素直さを、純真無垢《むく》というのだろう。

その点では、聖女というあだ名もあながち外れてはいないなと大和は思った。

「じゃあ、俺が登録する派遣会社のリンクを送るよ。どの仕事にするかは、あとで一緒に決めよう」

「うんっ」

人生初のアルバイト。

当初は大和一人で始めるつもりであったが、不安がないと言えば嘘であった。

だからこそ、聖良が一緒なら心強い。

それはそれで、新たな不安の種にもなるわけだが。

「まあ、なるようになるか」

「ん?」

「いや、独り言だ」

さっきまでは椿のことで頭を悩ませていたのに、気づけば先のことを考えている。

聖良と話していると、明日が来るのが楽しみになるから不思議だなと、大和はしみじみ思った。

# 四話　聖女さんとアルバイト

朝七時過ぎ。

関東でも有数のターミナル駅にて、大和《やまと》は聖良《せいら》を待っていた。

今日は初の派遣アルバイトだ。本当は家の最寄り駅で待ち合わせをしていたのだが、聖良が寝坊をしたらしく、大和だけ先に現地の最寄り駅に着いておいたのだ。

「遅いな……」

すでに時刻は七時半を回ろうとしている。

元々、集合時間を早めに設定していたものの、それでもギリギリである。

「大和～」

名前を呼ばれて振り返ると、普段とは違った雰囲気の聖良がこちらに手を振っていた。

髪を頭頂部でお団子に結って、ボーダー柄のシャツにオーバーオールを合わせたカジュアルなコーディネートは、渋谷や原宿辺りでたまに見る女子大生のファッションそのものであった。ひかえめに言って、とても可愛《かわい》い。

靴は指定通りにスニーカーを履いているので、一応はアルバイトであることを意識しているのだろうが、それでも大和から見ればオシャレすぎる服装だ。

「おはよう、白瀬《しらせ》。なんというか、かわいい——目立つな」

「そう？　動きやすい地味な恰好《かっこう》にしたつもりなんだけど。にしても暑いね」

「まあ、作業着はあっちで貸してもらえるらしいし、特に問題はないか」

それよりも時間が問題なので、さっそく大和たちは歩き出す。

「急ごう。遅れたら即刻クビ、なんてことになるかもしれないし」

「あはは、そんなに厳しいかな」

「わかんないだろ。とにかく急ぐぞ」

ビビりすぎている自覚はあるが、何せ初めてのアルバイトだ。これぐらい気負っていても、用心しないよりはマシなように思えた。


晴天の下を歩くこと数分。二人は派遣会社から指定された工場に到着した。

工場の中はむわっとした熱気が充満しており、すでに何人もの作業員の姿があった。皆、揃《そろ》いの青いポロシャツとベージュのズボンを着用している。これが作業着なのだろう。

さっそく誰かに仕事の概要を尋ねようと思ったのだが——

「おいこら、ちんたらしてんじゃねえ！　いつまでかかってんだ！」

　突如、中年男性の怒声が飛んだ。

　注意されたのは、作業着姿の若い男性だった。胸元にワッペンを付けるのに手間取っている様子である。

「す、すみません」

「てめえらも、さっさと着替えやがれ！　いつまでちんたらやってるんだ！」

　周囲に当たり散らすように、他の男性社員に対しても怒鳴り始めた。はっきり言って、口も態度も悪い。今どきこんなに野蛮な社会人がいることに大和は驚いていた。

「大和ー、作業着はこっちで貰《もら》えるみたいだよー」

　そんなとき、聖良が軽い口調で大和に声をかけてくる。この空気の中で怖気《おじけ》づくどころか、全く気にしていないらしい。

　当然、周囲の視線が集まる。女性は少ないこともあり、聖良はすっかり注目の的である。

　怒鳴り散らしていた中年男性も視線を向けてくるが、悪態はつかずにそっぽを向いたので、ひとまずホッと胸を撫《な》で下ろした。

　作業着を配っている男性は、先ほどの中年男性とは違い、いかにも温厚そうであった。親切にサイズまで選んでくれるようだ。

「はい、上下ともMね」

「あ、どうも……」

「大和ー、また後でね」

遠くで聖良が手を振りながら声をかけてくる。心なしか浮かれているようにすら見えた。

「ああ、またな」

そうして大和も更衣室に入ると、ロッカーがずらっと並んだ中に、何人もの男性の姿があった。どの男性も体格が良く、どちらかといえばガラの悪い風貌をしている。

（これはとんでもないところに来たかな……）

今さら後悔をしても遅いのはわかっているが、すでに気持ちは萎《しお》れてしまっていた。

荷物はロッカーに入れておくようで、着替えを手早く済ませてから、服と一緒に諸々《もろもろ》の荷物をロッカーに入れて、鍵をかける。

「……よし、行くか」

あまり遅いと怒鳴られかねないので、さっさと更衣室を出た。

すでに工場内には大勢が集まっており、整列していた。これはこれで圧巻の光景である。

急いで列に加わってから辺りを見回したものの、聖良の姿は見当たらない。

と、そこに聖良がやってきた。途端に周囲がざわつく。

意外にも、聖良は作業着を着こなしていた。無地の青いポロシャツとベージュのズボンは、まさしく作業着といった地味なデザインのはずだが、聖良が着るだけで健康的でボーイッシュな雰囲気になり、彼女の周りだけ輝いて見えるほどであった。

聖良は大和から少し離れた位置に並んだものの、大和の視線に気づくなり手を振ってきた。そのせいで、周囲の視線は大和の方にも向く。

ゆえに、大和は縮こまるような気持ちで俯《うつむ》いてやり過ごす他なかった。

「ごほんっ」

そのとき、前方で咳払《せきばら》いが聞こえたことにより、周囲の視線から解放された。

咳払いをしたのは、先ほどまで作業着を配っていた温厚そうな男性であった。

男性はにこやかに口を開く。

「えー、みなさんおはようございます。わたしはここのまとめ役をしております、村田《むらた》といいます」

村田と名乗った男性が定型の挨拶をすると、皆がまばらに会釈《えしゃく》や挨拶を返す。

てっきり最初に怒鳴っていた中年男性が一番偉い役職に就いているのかと思ったが、そうでもないらしい。

村田は笑顔のまま続ける。

「これからみなさんには各現場に分かれて向かってもらうわけですが、どうか安全第一で作業に取り組んでいただければと思います。現場分けは、そこのホワイトボードに貼り出された表を参考にしてください。それではみなさん、今日は一日よろしくお願いします」

村田が話し終えると、作業員たちはホワイトボードに集まっていく。

大和も貼り出された表を眺めて、聖良とともに近くの法律事務所の移転作業に割り当てられていることを確認した。希望通り聖良と同じ作業現場になったようで安心である。

「一緒でよかったね」

知らぬ間に隣に立っていた聖良に声をかけられて、大和はドキッとした。

むさ苦しいとさえ感じる男ばかりの空間でも、聖良は相変わらずマイペースというか、気圧《けお》されている様子はまるでない。そのおかげで、大和の緊張感も幾分か和らいだ。

「法律事務所の移転作業か。一体どんなことをやるんだろうな」

「六法とか置いてありそうだよね。まあ、行ってみればわかるよ。――あの人についていけばいいみたいだね」

聖良が指差した先には、痩せ型で長身の男性が立っていた。見たところ大学生といったところだろうか。『法律事務所組』という立て札を持っており、妙におどおどしている。

「あんな人もいたんだな」

「こういうところで働いてなさそうだよね」

「俺たちも他人《ひと》のことは言えないけどな」

「あはは、確かに」

ひとまずその男性の前に並ぶと、軽く一礼されたので会釈を返す。

続いて何人もの作業員たちが後ろに並び、総勢十一名で工場を後にした。

「最初はあの工場で働くのかと思ったけど、法律事務所の方がワクワクするよね」

道中、聖良が呑気《のんき》に話しかけてくる。

全員で同時に工場を出たものの、列は統制が取れておらず、今や周りには数人の作業員がいるのみである。

「まあ、あの怒鳴っていたおじさんがいないぶん、やりやすそうではあるよな」

「何時まで働くんだっけ？」

「えっと、昼休憩が十二時で、終業は五時だったはずだ」

「ふーん、結構長いね」

「だな」

そうして十分ほどで、目的の法律事務所が入ったオフィスビルの前に到着した。

どうやら他の業者が先に作業を始めているらしく、床にはすでにブルーシートが敷かれていた。

先頭を歩いていた案内役の長身男性が主に指示を出してくれるようで、大和たちは二階の奥の部屋を割り当てられた。

基本的な作業は書類の分別と箱詰め、書棚の移動やテーブルなどの運び出しらしい。

作業内容については指示書に詳しく記載されているとのことで、大和たちはそれを参考に作業を始めることになった。

事務所の中はなかなか広く、スライド式の書棚がいくつも設置されていた。冷房が効いているぶん、外や工場で作業するよりもずっと快適だろう。

書棚には書物やファイルがぎっしりと並んでおり、これらを箱詰めしていくらしい。

「思ったよりも数が多いな」

「時間はいっぱいあるし、丁寧にやっていこ」

「だな」

ほどなくして他の作業員たちが合流し、計五名で二階を担当することに。

作業自体は本当に単純で、書類を大まかに種類分けして箱に詰めていくだけであった。

しかし、そんな単純作業を繰り返していると、時間の経過がやけに遅く感じられる。

加えて、書類を出し入れする作業は立ったり座ったりと忙《せわ》しなく、足腰に負担がかかることもあって、身体的疲労が予想以上に大きかった。

初めは威勢よく声を掛け合っていた大和と聖良も、一時間ほど経過した頃には黙々と作業をするのみとなる。

「ふう、これはここで——と」

書類の分別作業にも慣れたからか、手際《てぎわ》がよくなっているのが自分でもわかる。これが経験を積むということかと、大和は我ながら感心していた。

と、そんな矢先。

「なあ、この箱を置いたのは誰だ？」

唐突に室内の沈黙を破ったのは、入り口近くを担当していた作業員であった。見たところ四十～五十歳くらいの大柄な男性で、不機嫌そうに近くの箱を指差している。

その箱は先ほど、大和が置いたものだった。

「あの、俺です。何か間違っていたでしょうか」

「あー、新人さんか。置く場所は間違っていないんだが、箱にラベルが貼られていなかったもんでさ。ファイリングされたものが入った箱には、ちゃんと黄色のラベルシールを貼るようにな」

「はい、すみませんでした。以後、気を付けます」

思ったほど怒られずに済んだが、そのぶん自責の念が込み上げてくる。

「どんまい」

戻ってきた大和に対し、近くで作業をしていた聖良が声をかけてくる。

気遣ってくれたのは嬉《うれ》しいが、同時に注意を受けているところを見られていたことが恥ずかしかった。

「もっと気合いを入れないとな」

「んー、むしろ気楽にやった方がいいんじゃない？　ラベルは気にしておくとしてさ」

「そういうものか？」

「多分ね。私の場合、気を張ってると余計に間違える気がするし」

聖良が失敗をする場面はあまり見た覚えがない。強いて言えば、道案内をしているときくらいだろうか。ともかく、参考にはなりそうである。

「わかった。適度に気を抜きながら、作業には集中するよ」

自分で言っていて矛盾しているような気もしたが、ひとまずそう答えておいた。


それから時間は経過して。

　ゴーン、ゴーンと時計の鳴る音が、お昼休みの開始を報《しら》せた。

「大和、お昼を食べに行こ」

「ああ」

　二人が事務所を出ると、雲一つない快晴の空から日差しが照りつけてくる。

　まさに炎天下。暑さは正午を迎えたことでより一層厳しくなり、アスファルトの地面からはじりじりと熱が反射している。そのせいで外に出た途端、すぐに汗だくである。

　蟬の鳴き声がひっきりなしに響いていて、それだけでうんざりしそうだった。

　他の作業員たちはぞろぞろと近くの定食屋に入っていった。この近辺で食事ができる場所となると限られているのだろう。

「この辺って、店とか少ないよな」

「だね。どこで食べよっか」

　大和はスマホで食事処《どころ》を検索しようと思い、ポケットに手を入れたところで気が付いた。自分がスマホどころか、財布までロッカーの中に置いてきてしまったことに。

　顔から血の気が引いていくのを感じながら、大和はなんとか笑みを浮かべて言う。

「悪い、スマホも財布もロッカーの中だ……。ほんと俺、何をやっているんだか」

「あ、私もだ。あのまま工場で作業するんだと思ってたから」

二人して見つめ合ってから、一瞬だけ間を置いて、

「「ぷっ」」

同時に吹き出す。

なかなか手痛い失敗のはずだが、二人一緒だからか、今は笑いたい気分だった。

「やっちゃったねー、どうしよっか」

「工場に戻ればいいんだろうけど、正直あの怒鳴っていたおじさんとはなるべく顔を合わせたくないんだよな。そもそも、中に入れる保証もないし。……あと、この暑い中をあんまり歩きたくない」

「だよねー。でも、他の人にお金は借りたくないよね。——あ、ならあそこはどう？」

聖良が指差したのは、遠くに見えるタワーマンションであった。建物は川に囲まれていて、大きな橋が架かっている。聖良の住むマンションもすごかったが、こちらも負けていない迫力である。

そしてよく見ると、一階部分には大型スーパーが併設されているようだ。聖良の目当てはあそこらしい。

「スーパーに入ってどうするんだ？」

「ほら、試食コーナーってあるでしょ。あれを回ろうよ」

「なるほど。――って、買う気もないのに食べるのはダメなんじゃないか……？」

「そこはほら、またの機会に買えばいいんじゃない？　今日はあくまで参考に、とか」

さすがに苦しいことを言っている自覚はあるのだろう、聖良は珍しく視線を泳がせている。

だが、空腹感は増すばかり。背に腹はかえられないと思った大和は、聖良の案に乗ることを決意する。

「そうするか。まだ午後も働かなくちゃいけないし、あのスーパーに行こう」

「おー」

そうしてスーパーの店内に入ると、お昼時だからか大勢の客で賑《にぎ》わっていた。

空調は効きすぎているくらいで、外との寒暖差により、長くいると体調を崩しそうな気がした。

「涼しいー」

とはいえ聖良は平気なようで、快適そうに伸びをしている。

「たくましいな、白瀬は」

「そんなに筋肉ついたかな？」

「いや、そういう意味じゃなくて。まあとりあえず、回ってみるか」

そうして店内を回っていると、粗挽《あらび》きウインナーの試食コーナーが目に入った。

「よければ、おひとついかがですか？」

笑顔で店員に勧められ、聖良はわざとらしく大和に向かって手招きしてみせる。

「試食をやってるみたいだよ。せっかくだし、食べていこ」

「お、おう、美味《おい》しそうだな」

白々しいことこの上ないが、店員が怪しんでいる様子はない。

つまようじに刺さったウインナーを一つ口に入れると、熱々の肉汁とともにジューシーな味わいが口いっぱいに広がる。

「美味《うま》いな……」

思わず涙が出そうになっている大和を見て、聖良はふっと微笑《ほほえ》むと、そのまま店員の方に向き直る。

「店員さん、今度はこっちのウインナーを頂いてもいいですか？　食べ比べてみたくて」

「ええ、どうぞ」

聖良の機転で他の種類まで試食することができて、大和は申し訳なく思いながらも素直に「美味い」と感想をもらす。

「んー、とりあえず他も見て回ろっか」

ひと通り食べ終えてから、聖良はいたずらっ子が悪巧みするような笑みを浮かべて言う。

相変わらず白々しいことこの上ないが、大和も必死にそれに合わせて「そ、そうだな。ウインナーはそのうち必ず買うとして」と返答して、その場を離れることにした。

続いて訪れたのは、漬け物コーナーである。

様々な種類の漬け物が用意されており、聖良は再び食べ比べと称して全種類を口にした。

「罪悪感があるせいか、もう空腹が紛れてきた気がするぞ……」

「気のせいじゃない？　――それよりほら、焼き鳥コーナーだって！　試食もやってるみたいだよ」

「お、おう……」

弱気な大和とは違い、聖良はすでに割り切って堪能《たんのう》するつもりらしい。

大和もせめて腹六分目くらいになればいいなと思いつつ、聖良の後に続く。

そうして店中の試食コーナーを回った後、二人は店を出た。

まだ昼休憩の時間は残っていたので、タワーマンションの周囲に設置されたベンチに腰を下ろす。日陰になっているので、ひと休みするにはちょうど良《い》い。

「なかなか食べたねー。これで夕方までは持ちそうかな」

「だな。白瀬が二周目に行こうとか言い出さなくてホッとしているよ」

「あはは、さすがにそれはないって。やりたいとは思ったけど」

「俺がいなかったら突貫してそうだな……」

「だから、しないってば。そこまで食欲おばけじゃないし」

ぐるるる……と、そこで大和の腹が鳴った。

これは空腹の音ではない。腹痛の方だ。

「ちょっとトイレに行ってくる」

「はーい」

申し訳なく思いながらも大和はスーパーのトイレを利用させてもらい、それから十分ほどで戻ってくると、ベンチにはすやすやと眠る聖良の姿があった。

相変わらず見惚《みと》れてしまいそうなほどに可愛《かわい》らしい寝顔なので、起こさないように隣に座る。

しばらくその寝顔を眺めていると、

「――ッ」

ぱちりと、なんの前触れもなく聖良が目を覚ました。

すっと身を引きながら大和が視線を逸《そ》らすと、聖良が欠伸《あくび》交じりに言う。

「あ、おかえり。お腹《なか》だいじょぶ？」

「ああ、もう平気だ」

「私の寝顔を見てたの？」

「ああ――って、気づいてたのか」

どうやら観察しているのがバレていたらしく、聖良にじっと見つめられて居心地が悪くなる。

「この前、椿《つばき》が言ってたから。大和の前で寝ると、変な目で見られるから気を付けろって」

「あの人、余計なことを……」

あながち間違ってはいないので、反論しづらいのが辛《つら》いところだ。

ところが、聖良はしっくりきていない様子で。

「そんなに面白い？　私の寝顔」

「いや、その、面白いというか……可愛いな、と……」

淡々とした聖良のペースに乗せられて、大和はつい本音を口にしてしまう。

すると、聖良は大和の方に向き直って身体《からだ》を寄せ、そのまま両目を閉じる。

「えっと……？」

「どう？　可愛い？」

「…………」

両目を閉じただけの聖良の顔は、寝顔というよりも、どちらかといえばキスを待っているように見えて。

突然こんなことをされたものだから、大和の胸は急速に高鳴っていた。

そして自然に、聖良との距離を詰める。おかげでその形の良い唇が、すでに目の前にある。

ぱちり、と。

そこでまたもや、なんの前触れもなく聖良が目を開けた。

至近距離でばっちりと目が合ったことで、焦《あせ》った大和は聖良の両頬を両手で挟んだ。

「ん、んぐっ、やまほ……」

「ど、どちらかといえば今の白瀬は不細工だな、ははは！」

ごまかすように大和は言って、大げさに笑ってみせる。

（俺は今、とんでもないことをしそうになってたんじゃないか……？）

内心ではそんな風に動揺しながら、恨めしそうに睨《にら》みつけてくる聖良の頬から両手を離す。

「ひどい。ほっぺたを挟まれたら、誰だって不細工になると思うんだけど」

「わ、悪い、訂正する。不細工は言い過ぎた。……というか、ほっぺたを挟んでいても十分愛嬌《あいきょう》はあったというか、なんというか……」

申し訳ないやら恥ずかしいやらで、大和が背中を向けていると、聖良がつんつんと背中をつついてきた。

「な、なんだよ」

「ねぇ、こっち向いてよ」

「どうして――んぐっ⁉」

振り向いた瞬間、大和は両頰を勢いよく挟まれた。

おかげで顔面がひどいことになっているのが自分でもわかる。これは仕返しのつもりだろう。

「あはは、ほんとだ。タコ口って意外に愛嬌あるね」

目の前には笑顔の聖良。頰には白い両手の柔らかな感触。

今になって気づいたが、遠くの方で子供連れのお母さん方がこちらを見てひそひそと話している。

そういった諸々《もろもろ》のシチュエーションを意識したことで、大和は自身の体温が急激に上がっていくのを感じた。

「あ、顔が真っ赤になって、本物のタコみたい。ふふ、可愛いね」

「……もう、はんべんひてふれ」

「なに言ってるのか、全然わかんないんだけど」

さすがに恥ずかしさが限界を超えた大和はその手を外して、再び背中を向ける。

「もう勘弁してくれ、って言ったんだ。俺が一方的に悪かったから、これ以上からかわないでくれ」

「そういうことなら許してあげる。なんかスッキリしたし、これで午後も頑張れそ♪」

大きく伸びをしながら、聖良は気分爽快といった様子で笑みを浮かべている。

「白瀬って、実はドSだよな……」

「私がSなら、大和はMってことになるのかな？」

「いや、それはイコールにはならないから！　とにかく、もうお昼も終わるだろうし、事務所に戻るぞ」

「はーい」

このお昼の時間は、大和からすればとんだ災難ばかりであった。

財布を忘れ、お腹を壊し、聖良に対してあやうくとんでもないことをしでかしそうになり、極め付けは仕返しでいじり倒されるハメになったのだ。

本当に、とんだ災難である。

この原因はひとえに自身の不注意や不器用さにあるが、それを認めるのはなんだか悔しかったので、ここは椿が余計なことを言ったせいだと思うようにした。

「そういえば、あれから香坂《こうさか》さんは連絡してきたか？」

事務所に戻る道中、大和は空気を変えようと思い、気になっていたことを尋ねてみる。

聖良は首を左右に振ってから、「どうして？」と訊《き》き返してくる。

「いや、また連絡するって言ってたからさ。あの子の目的は、白瀬の素行調査だったわけだろ。で、まだ納得していないみたいだし、近いうちに様子を見に来るかなと」

「あー、言われてみれば。けど大和も連絡先、交換したんでしょ。気になるなら訊いてみれば？」

「俺はいいよ……。あっちだって、どうせ連絡がくるなら白瀬からの方が嬉《うれ》しいだろうし」

「そうかな」

「そうだろ」

「ま、なんでもいいけど」

そう言って割り切れる辺り、聖良は肝が据わっている。

というより、危機感が薄いとも言える。

「まあとにかく、香坂さんから連絡があったら俺にも報《しら》せてくれ」

「なんで？」

「なんでって……そりゃあ、俺が警戒していないと危なっかしいからだよ」

「ふーん。わかった」

そうこうしているうちに、事務所の前に到着した。

他の作業員たちもちょうど定食屋から出てきたところで、鉢合わせする形に。こちらに気づいた他の作業員たちは、揃《そろ》って冷やかしの視線を向けてきた。

事情はどうあれ、女連れでバイトに来る自分に非があることはわかっているので、大和は大人しく事務所に入った。

それから午後の作業が始まったが、相変わらず書類の分別作業ばかりが続いていく。

「よいしょ、と。――白瀬、そっちの箱も持っていってくれないか？」

「うん、お願い」

半ば共同作業のような形になっていたが、こうした方が効率が良いのである。

とはいえ、二人に向けられる周囲の視線は、やっぱり恨めしげなもので。

そのまま二時間ほど作業が続いたところで、午前中に大和を注意した男性が近づいてきた。

「おーい、そこのアベック。ちょっといいか？」

そう声をかけられたことで、聖良はきょとんとしながら大和の方を見る。

「ねぇ、アベックって何？」

「ぶふっ」

今吹き出したのは、棚越しに作業していた別の作業員である。断じて大和ではない。

声をかけてきた男性は笑われて恥ずかしくなったのか、顔を真っ赤にしてこめかみの辺りを引き攣《つ》らせる。

まずいと思った大和は、慌てて聖良に耳打ちする。

「（カップル、つまり恋人同士って意味だと思う。多分だけど）」

「じゃあそう言えばいいのに」

「（おい、失礼だろ。目上の人だぞ）」

「近頃の若者は肝が据わってるなぁ」

男性が頬まで引き攣らせて言うと、聖良はふっと微笑《ほほえ》んで、

「どうも」

「いや、褒めてないから！」

すかさず大和がツッコミを入れると、男性はガハハと笑ってみせた。

さすがに大和も反応に困ってしまい、聖良とともにぽかんとする。

「すまんすまん。馬鹿にされたなら叱るところだが、そのお嬢さんに悪気はなかったようだな。いやあ、良《い》いアベックじゃないか」

「あ、また言った」

未《いま》だに聖良は気になってしまうようで、状況が悪化しないうちに大和が口を挟む。

「あの、まず言っておきますけど、俺と彼女――白瀬はそういう関係じゃありません」

「そうなのか？　どいつもこいつも噂《うわさ》をしてたぞ、こんなところまで来てイチャついている輩《やから》だとな」

「いえ、それは誤解というか……。まあ、全面的に俺たちが悪いので仕方ないですけど。それはともかく、何か俺たちに用があったんですよね？」

「おお、そうだった」

男性は思い出した様子で、ビニール紐《ひも》と軍手を手渡してくる。

「実は、お前たちに三階の作業を手伝ってもらいたくてな。お嬢さんはビニール紐で縛る作業を、坊主《ぼうず》の方はテーブルの運び出しを手伝ってくれ」

「わかりました」

長話になったので、三階の作業員たちは痺《しび》れを切らしている頃合いだろう。

急いで三階に向かうと、案の定、そこにいた作業員たちからは冷たい視線を向けられた。

「遅くなってすみません、参加します」

そう断りを入れてから、大和もテーブルの運び出し作業に加わる。

先ほどまでの分別作業とは違い、今回は完全に力仕事である。怪我《けが》をしないように注意しながら、テーブルや棚の運び出しを他の作業員とともに進めていく。

その間、聖良はビニール紐で戸棚の中身が落ちないように固定していた。

そうして、大和にとってはハードな時間が瞬《また》く間に過ぎていき。

時刻が六時を回ったところで、作業は終了となった。思いのほか作業が滞ったことで、予定よりも時間がかかったようだ。

法律事務所を出た頃には、日も暮れ始めていた。

「う、腕と、足が……」

大和は生まれたての小鹿のように足腰をガクガクとさせながら、ゆっくりと歩みを進める。

「大丈夫？　ちょっと休んでいく？」

心配そうに聖良が気遣ってくれたが、すでに他の作業員たちは工場に向かっているので、大和は首を横に振る。

「大丈夫だ。遅れると何を言われるかわからないしな」

「なら、肩とか貸す？」

「いいって。さすがに恥ずかしいし……」

実は運び出しの作業をしている間、他の作業員たちから聖良との関係を根掘り葉掘り尋ねられたのだ。これ以上、冷やかされるネタを増やしたくはない。

それに単純な話、男のプライド的にも肩を借りるのは遠慮したかった。

そうして集団から少し遅れながらも工場に戻ると、行き帰りの道案内をしていた長身の男性から更衣室で着替えるように言われた。

大和が更衣室に入ると、朝よりもむわっとした熱気がこもっていて、空腹やら疲労感やらで気分が悪くなった。

なんとか自分のロッカーに辿《たど》り着き、なるべく早く着替えを済ませていく。

「おつかれ。お前さんのおかげで助かったよ」

その途中で、アベック呼びの男性に声をかけられた。やけに上機嫌な様子で、満面の笑みを浮かべている。

「あ、どうも……。どんくさくて、みなさんの足を引っ張ってしまいましたが」

「そんなことはないさ。たまにお前さんみたいな学生さんが来るが、大体の奴《やつ》は生意気なくせして、ろくに働かん。それに比べて、お前さんはちゃんと働いていたじゃないか」

「えっと、そう言っていただけると嬉しいです。筋肉痛になった甲斐《かい》があります」

「はっはっは、筋肉痛が当日に来るなんて若い証拠だ！　どれ、これで今日はお嬢さんにうまいもんでもご馳走《ちそう》してやれや！」

そう言って、男性は千円札を二枚差し出してくる。

「いえ、貰《もら》えないですって」

「遠慮すんなよ。年長者の気まぐれってやつだ」

「いえ、ほんとに。大丈夫なんで！」

大和が全力で拒否したからか、男性はきょとんとしながらお札を引っ込めた。

「そうかい。近頃の若者は謙虚というか、慎みってもんがあるんだな」

「はあ……？」

「それじゃ、おつかれ」

「はい、おつかれさまでした」

アベック呼びの男性は少し寂しそうにしながら、のそのそと更衣室を出ていった。

その背に一礼してからホッと胸を撫《な》で下ろしたところで、今度は道案内をしていた長身の男性が近づいてくる。

「災難でしたね。あの人はいつもああなんです」

さりげなく話しかけられて、大和は気まずく思いながらも「はあ」と相槌《あいづち》を打つ。

「まあ、あそこは受け取っても問題はなかったと思いますが」

「あはは、ですかね……」

ひとまず適当に相槌を打っておいたが、やはり気まずい。

先ほどの男性やこの男性もそうだが、室内には作業が終わった後の一体感といえばいいのか、とにかくそういったものが感じられる。周囲の作業員たちの態度や雰囲気が緩くなっている気がするのだ。

とはいえ、その雰囲気に大和が馴染《なじ》めるかといえば、そうでもなく。

「それでは、お先です。おつかれさまでした」

そう告げてから大和が更衣室を出ると、私服姿の聖良が待っていた。

勤務を終えたからか、お団子にまとめていた髪は下ろしている。その姿を見て、やはりストレートもいいなと大和は思った。

「やっと出てきた。遅かったね」

「悪い、待たせたみたいだな」

「こっちは朝と違って、お団子を気にする必要はなかったからすぐだったよ。ほどいて櫛《くし》を通すだけだからね」

「なるほどな」

女の子のオシャレ事情も大変だなと、ズレた感想が大和の頭に浮かぶ。

聖良のそばにいると制汗剤の爽やかな香りがして、熱気がこもった更衣室と比べると、まさに天国と地獄だなと思った。

「そういえば、もう帰っていいらしいよ」

言われてみれば、確かにあまり人が残っていない。なんとも拍子抜けの気分である。

給料は後日、三日以内に指定口座に振り込まれるとのことなので、確認するのが楽しみである。

「朝みたいに集まったりはしないんだな。まあ、その方がいいけど」

「ね。行こっか」

工場を出ると夜風が吹きつけてきて、汗が乾ききっていないからか肌寒さを感じた。

駅に向かう途中の大通りは、とても賑《にぎ》わっていた。建物の明かりが辺りを照らす中、人混みをかき分けるようにして歩いていると、空腹や疲労のせいもあって眩暈《めまい》がしそうになる。

「腹、減ったな……」

「どこかお店に入ろっか」

「そうしよう。ラーメンにするか？」

「いいの？」

「おう。というか、今日は俺が奢《おご》るよ。せっかくバイトに付き合ってくれたわけだし」

アベック呼びの男性に『ご馳走してやれ』と言われたからじゃないが、感謝の気持ちからそう申し出ると、聖良はふっと微笑んで、

「やだ」

と、即答してきた。

「えっ、どうしてだ？」

困惑する大和のもとへ、聖良は身を寄せてきて答える。

「私だって今日初めて働いたし、自分のお金で食べるラーメンを味わいたいっていうのが一つ」

どうやら、聖良もバイトをするのは今日が初めてだったらしい。

その初バイトが肉体労働寄りの仕事になってしまったことに、大和は申し訳なさを感じていた。聖良であれば、本来は若者が集うカフェの店員などがふさわしいだろう。

「なら、もう一つは？」

「そもそも今日のバイトって、遊ぶためのお金が欲しくて始めたわけでしょ。なのに大和から奢ってもらったら、本末転倒だと思うから。それがもう一つの理由」

「それはまあ、確かに……」

「あと一つ」

「まだあるのか」

聖良は真顔で人差し指を立てて、

「奢ってもらうのとか、そもそも私が好きじゃないから」

同じようなことを、カラオケへ行ったときにも言われたなと思い出す。

「わかったよ。じゃあ、お互い自腹で美味《うま》いラーメンを食べよう。言えた義理じゃないけど、正直スーパーの試食だけじゃ足りなかったんだ」

「そうこなくっちゃ。——なら、あそこにしよ」

聖良が指差したのは、とんこつラーメン専門を謳《うた》うラーメン店であった。

「いいんじゃないか。特にお客さんも並んでいないし」

「決まりだね」

そうして二人は期待に胸を膨らませながら、店の暖簾《のれん》をくぐるのだった。

街の賑わいとは対照的に、店内はがらんとしていることもあり、注文から瞬く間にラーメンが運ばれてきた。

「――へい、おまち！」

とんこつ特有の濃厚な香りとツヤのある細麺、ネギにきくらげに煮卵、焙《あぶ》られたチャーシューがトッピングされた、まさに王道のとんこつラーメンを前にして、大和は思わず生唾を飲んだ。

「「いただきます」」

二人揃《そろ》って挨拶をしてから、さっそくスープに口を付ける。

「「――ッ！」」

その直後、二人は顔を見合わせて、「「うん！」」とはしゃぐように頷《うなず》く。

スープを口に含むなり、濃厚なとんこつの香りとコクが口いっぱいに広がり、旨味《うまみ》が全身を駆け巡るような感覚を味わったのだ。

次に、麺を一口。

「「うんうん！」」

再度、二人は頷き合う。

これが一仕事を終えた後のラーメンの味……。生まれて初めて味わったその極上の感覚に、大和も聖良も今日の疲れが一気に吹き飛んだような心地になった。

それからはもう止まらなかった。

コシのある細麺と一緒に焙りチャーシューを頬張り、時にはきくらげと、そして煮卵とともに咀嚼《そしゃく》して味わい、水で口内をリフレッシュさせてから再度麺をすする。

この味わいは中毒的だとさえ、大和は思った。空腹感と疲労感も相まって、それら全てを仕事終わりの達成感に転換させられたような、そんな奇妙な感覚を抱いていた。

そうして大和がひとしきりラーメンを味わっている最中、隣に座る聖良の手が自然とニンニクの瓶に向かう。

だが、大和の視線に気づいたのだろう。ハッとした聖良は手を止めて、そのまま引っ込めてしまった。そして収まらぬ衝動をごまかすように、スープを一口飲んだ。

やはり聖良は今も、ニンニク特有の匂いを気にしているのだろう。聖良にしては珍しく、乙女らしい悩みではあるが、我慢する彼女を見るのは大和としても忍びない。

ゆえに、

「もういいんじゃないか、我慢しなくても」

諭すようにそう告げると、聖良は「ぐぬぅ」と頭を悩ませた。

ここはさらに畳みかけるべきだと思い、大和は穏やかな口調で続ける。

「好きなものを好きなように食べるのは、悪いことじゃないはずだ。そうだろ？」

すると、観念したらしい聖良は、ぱっとこちらに向き直ってきて言う。

「じゃあ、大和もニンニクを入れてよ。それなら多少匂っても、ごまかしが利《き》く気がするし」

「お、おう」

予想外に可愛《かわい》らしいお願いをされて、大和は顔の近さにドキドキしながらも、すぐに承諾する。

……まあ、それでごまかせるかどうかは定《さだ》かではないが。

この店のニンニクもセルフで砕くタイプのようで、順番に専用の道具を使ってゴリゴリと砕いてから、ラーメンの中に投入する。

そしてまずは、聖良から一口。

「んん〜〜っ！」

言葉にならないといった様子で、幸せそうに悶絶《もんぜつ》する聖良。

つい見入ってしまったが、彼女に続いて、大和も麺を一気にすする。

「おぉ……」

これはくどい。そして濃厚だ。強烈だ。王道とんこつラーメンとニンニクの組み合わせはあまりにも相性が良すぎて、もはや悪魔的とすら言える。

と、そんな悪魔に魅入られた聖女がものすごい勢いで食べ進めたかと思えば、どんぶりごと持ち上げて、スープを一気に平らげたではないか。これには店員までもが呆気《あっけ》に取られている。

「――ふぅ。ごちそうさま」

完食。見事な食べっぷりであった。

その豪快な姿に大和はつい見惚《みと》れてしまったが、またもや先を越されたことに気が付いて、急いで残りをかき込んでいく。

さすがにスープを飲み干すことには抵抗があったものの、そこは男のプライドが許さない。

すぐに大和も完食すると、店員が「完食ありがとうございます！」と声をかけてきた。

こうして、大和が長らく待ち望んでいた『ニンニク入りラーメンを食べる聖良』が帰ってきたのであった。

店を出ると、すぐに聖良は両手で口元を覆い隠してしまった。

やはり気になるものは気になるらしい。心なしか俯《うつむ》きがちになっていて、先ほどの豪快な姿は見る影もない。

「……ここのラーメン、美味かったな」

「うん」

「その割には、あんまりお客さんがいなかったよな。なんでだろ」

「さあ？」

「あっちのラーメン屋なんてほら、行列ができているぞ。立地の問題なのかな」

「…………」

ついには答えてすらくれなくなった。

このままだと少し寂しいので、大和は本音を口にすることにした。

「俺さ、嬉《うれ》しかったんだよ。白瀬が久々にニンニクを入れてくれて」

「…………」

聖良から返事がなくとも、大和は続ける。

「豪快に食べる白瀬の姿って、かっこいいしさ。それに食べたいものを本能のままに食べる姿って、単純に憧れるというか。もちろん、良《い》い意味でだからな！」

「…………」

なおも返答はなかったが、それでも大和は本心を口にする。

「やっぱり好きだなって思ったよ、白瀬がニンニク入りラーメンを食べている姿は」

「…………」

やはり聖良からは返答がなく、ついには足を止めてしまった。

「白瀬？」

気になった大和は、立ち止まって振り返る。

すると、聖良は耳まで真っ赤にしながら上目遣いに見つめてきて、

「……ばか」

呟《つぶや》くようにそう言った。

帰りの電車に揺られている間は、終始無言だった。

というのも、先ほどのやりとりで大和は妙な気恥ずかしさを感じてしまい、聖良の方も一切話す気がないようなので、沈黙に陥ったのだ。

しかも、匂いを気にした聖良が大和から距離を取って座ったせいで、話しかけようにも厳しい状況が続いていた。

ひとまず状況を打開することを諦めた大和は、先ほど入ったラーメン店の口コミを調べてみることに。

さぞ高評価だろうと大和は思っていたのだが、予想は悪い方に外れた。

というのも、レビューは軒並み『普通』、『凡庸な味。どこにでもあるラーメン屋』、『どれも平均点』といった、とにかく特徴のない平凡なラーメン店であると評されていたのだ。

では、大和にとってはなぜあれほど美味《おい》しく感じられたのか。

考えられる理由はいくつかあるが、一番大きいのは、バイト後に疲労と空腹を抱えた状態で食べたから——というものだろう。

とはいえ、理屈はわかっても、気持ちでは納得がいかなかった大和はレビューサイトに会員登録をして、五つ星の評価とともに『最高に美味しかった。多分一生、この味を忘れない。オススメはニンニク入り』と勢いに任せてレビューを投稿した。

「ぷっ」

その直後、対面に座っていた聖良が吹き出した。

スマホで何か面白いものでも見ているのなら、下車したときには機嫌が直っているといいなと大和は思った。

ところが、電車を降りても会話はなく。

改札を抜けるなり、聖良はすたすたと先を歩き始めた。

（もしかして、俺はとんでもない地雷を踏んだんじゃないか……？）

そんな風に大和が不安を抱えているうちに、いつもの分かれ道に差し掛かる。

「なあ、白瀬」

先を歩く聖良の背に声をかけると、ぴたりと足を止めた。

「俺が悪かったよ、気に障《さわ》ったなら謝る。だから機嫌を直してくれないか？」

「……べつに、怒ってるわけじゃないよ」

「なら――」

「でも、なんか恥ずかしくて」

振り返った聖良は、頬を赤く染めていて。

その姿に、大和は見惚れながらも口を開く。

「お、俺はべつに、匂いとか気にしないけどな」

「うん、だよね。わかってる。だから、今日はごめんね」

申し訳なさそうに謝られると、どう反応していいのか困ってしまう。

あたふたする大和を見て、聖良は仕切り直すように頷いてみせた。

「次の予定はとりあえず、電話かメッセで決めよ。今日はもう遅いし」

「だ、だな！　賛成だ！」

不安な気持ちから大和は食い気味になってしまったが、気持ちを落ち着けて続ける。

「あのさ、今日はバイトに付き合ってくれてありがとな。本当に心強かったし、楽しかったよ。——えっと、それじゃあおやすみ」

そう言って大和が背中を向けたところで、

「ねぇ」

呼び止められたので振り返ると、聖良が優しく微笑《ほほえ》んで言う。

「私も今日のラーメンの味、一生忘れないと思う。——それじゃ、おやすみなさい」

小さく手を振ってから、聖良は満足そうに去っていく。

去り際に、聖良は『私も』と言った。

つまりは、大和が先ほど投稿したレビューを読んだということで。

「……あー、もう、恥ずかしい」

それを理解した大和は赤面しながら呟いた。

今や上機嫌にスキップをする聖良の背中を見送って、大和はため息交じりに笑ってみせた。

# 五話　ギャルっぽい聖女さんと水族館

人生初のアルバイトから三日が経《た》ち。

大和《やまと》のもとに待望の給料が入り、筋肉痛も治ってまさに万全の状態となっていた。

そして今日は、聖良《せいら》と買い物に出かける予定が入っているのだ。これで気持ちが浮つかないはずがない。

集合時間は午後一時。最寄り駅から数駅離れた駅に、大和は十分前に到着したのだが、そこには思わぬ先客がいた。

「こんにちは。お久しぶりですね、倉木《くらき》さん」

「どうして、香坂《こうさか》さんがここに……」

なぜだか椿《つばき》の姿があったのだ。

白いブラウスにデニム生地のミニスカートを合わせた夏らしいコーディネートは、彼女にとても似合っているが、素直に褒める気にはならなかった。

状況を飲み込めない大和は、すかさず聖良にメッセを送る。すると、すぐさま『言うの忘れてた』と、拍子抜けの返信がきた。

「はぁ……」

露骨にため息をつく大和に対し、椿はムッとしてみせる。

「会って早々、失礼ですね。わたしがいてはいけないんですか？」

「いけないってわけじゃないけど……今日は二人で稼いだバイト代で買い物を、と思っていたからさ」

「バイト、ですか？」

眉をひそめる椿を前に、大和はギクッと肩を震わせる。

そういえば、彼女の目的は聖良の素行調査であったことを思い出す。大和たちの通う青《あお》崎《さき》高校はアルバイトを禁止していないので、問題はないはずだが、少し不安になった。

「何か問題でもあるのか？　別にバイトをするくらいは普通だろ」

「いえ、白瀬《しらせ》家の令嬢がアルバイトをするなど、言語道断ですよ。あなたは聖良先輩の家柄を知らないから、そんなお気楽なことが言えるんです」

「そりゃあ、家の事情で方針は違うだろうけどさ。結局は本人がどうしたいかが一番大事なんじゃないか？　俺の家も、ちゃんと話したら母さんは納得してくれたし」

はぁ、と今度は椿があからさまにため息をついた。

まるで、『これだから庶民は』とでも言いたげである。

「なんだよ」

「本当にわかっていないな、と呆《あき》れただけです。だいたい、アルバイトといっても何をしたんですか？　まさか、人に言えないようなお店で働いたりしていないですよね？」

「そんなわけあるか！　ちゃんとした、普通の派遣バイトだよ！」

「ふん、どうだか」

もはや売り言葉に買い言葉、口喧嘩《くちげんか》に近い状態になってしまっている。

椿は高校生のバイトに悪いイメージでもあるのか、とにかく批判的な態度を崩さない。

まずはその誤解を払拭《ふっしょく》するのが、一番手っ取り早い方法だろう。

とはいえ、いくら大和が法律事務所の移転作業をしていただけだと説明しても、簡単には信じてもらえない気がする。

ここに聖良さえいてくれれば、本人の口から説明してもらって、誤解を一発で解けるのだが。

「おまたせー」

そんな風に大和が思ったとき、ナイスなタイミングで聖良の声が聞こえた。

大和は自然とガッツポーズをしながら、意気揚々と振り返ったのだが――

「へ……？」

次の瞬間には、間抜けな声を出していた。

というのも、目の前にいる女性が果たして聖良なのか、一目見ただけでは判断できなかったからだ。

その女性は緩く巻いた髪に、肩を大胆に出した黒のオフショルダートップス、下にはダメージジーンズと、ヒールの高いサンダルを合わせていて……。

その姿はまさしく、『ギャル』そのものであった。

とはいえ、よく見れば聖良だとわかる。メイク自体は特別濃いわけではなく、普段の聖良とそう変わらないからだ。

ゆえに、なんとか聖良であると判断できたものの、パッと見た瞬間はカツアゲや逆ナンの類《たぐ》いかと思い、困惑してしまった。

ショックを受けたのは椿も同じだったようで、口をあんぐりと開けたまま固まっている。

そんな二人を見て、聖良は不思議そうに小首を傾《かし》げてみせる。

「どうしたの、二人とも。なんか変だよ？」

「それはこっちのセリフだ！」「なんですかその恰好《かっこう》は⁉」

同時に突っ込んだ大和と椿に対して、聖良は愉快そうに言う。

「やっぱり仲良いね、二人とも」

そのマイペースな様子を見て、大和と椿はようやく彼女が白瀬聖良であると確信することができた。

大和がホッとしたのも束《つか》の間、椿が険しい顔つきで睨《にら》みつけてきた。どうやら大和のせいで、聖良がこんな恰好をするようになったと思っているらしい。

まあ無理もないか、と大和は肩を落としながら尋ねる。

「で、白瀬。どうしてそんな恰好をしているのか、理由は説明してもらえるんだよな？」

「どうしても何も、こういう恰好をしてみたくなったからだけど」

そこで椿が我慢ならないといった様子で前に出てくる。

「聖良先輩、もしかして倉木さんとなにかあったんですか？」

「なにかって？」

「そ、それは、その、男女のアレといいますか……」

「アレって？」

「ですから、男女の情事です！　もうっ、言わせないでください！」

顔を真っ赤にしながら、椿が大声で言う。

周囲の視線を集めていることに気づいた大和は、頭を抱えながらもカフェを指差す。

「ひとまず、そこの店に入らないか？　ここだと人目につくし、白瀬が『グレた』理由はお茶をしながら聞こうじゃないか。――もちろん、冷静にな」

「べつにグレてないけど、お茶には賛成」

「……わかりました、そうしましょう」

そうして近くのカフェに移動し、四人席で聖良を向かいに座らせる。

まるで面談のような状況に、聖良は不満そうに口を尖《とが》らせる。

「二人とも、やっぱり変だよ。なにかあったの？」

「――ッ！」

反射的に身を乗り出そうとする椿を押さえて、大和が口を開く。

「いや、『なにかあったの？』はこっちのセリフだって。もう一度訊《き》くけど、どうしてそんな恰好をしたんだ？　不良というか、ギャルというか……とにかくびっくりしたぞ」

「わたしも気になります。説明してください」

二人が問い詰めると、聖良はため息交じりに返答する。

「だから言ったじゃん、やりたかったからやったって。ほんとにそれだけだよ」

プラスチック容器に入ったシェイク（キャラメル味）を気怠《けだる》そうに口にする聖良の姿は

妙に様になっていて、さながらティーンズ雑誌に載っているギャルモデルのようである。

だからか、大和は少々気圧《けお》されながらも質問を続ける。

「ほんとにそれだけか？　周囲への不満とか、腐った世の中への反抗心とか、そういう負の感情からグレてみたりしてないか？」

「他にもひと夏の思い出とか、一夜限りの過《あやま》ちとか、ただれた関係とか、そういった不健全な行いに心当たりはありませんか？」

いつの間にか椿まで質問に加わり、内容が過激になっている気がした。

そのせいか、聖良はますます気怠そうにため息をつく。

「なにそれ。今ある不満なんて、大和たちがめんどくさいなってことくらいだけど」

「まあ！　なんですかその態度は！　ねぇあなた!?」

「誰があなただ!?」

面談のようなことをしているうちに、椿に変なスイッチが入ったらしく、大和は冷静にツッコミを入れる。

椿は赤面しながら、「すみません、つい」と謝罪してきて、大和まで変な気恥ずかしさを覚えた。

と、そんな二人を聖良はじっと見つめながら、はぁとため息をついた。

「私、お邪魔なら帰るけど？」

ぶるぶるぶると、大和と椿は同時に首を横に振る。

この頃には、大和も考えを改め始めていた。

ここまで問い質《ただ》しても答えが変わらないのだから、もしかしたら聖良は本当に、ただの気分でギャル風ファッションをしてきたのかもしれない、と。

「――悪かったよ、俺は白瀬を信じることにする」

「ちょっと⁉」

「ありがと、大和」

隣に座る椿はまだ納得がいっていない様子だが、大和に考えを変える気はなかった。

ギャル風ファッションの聖良にいつものように微笑《ほほえ》まれると、ドギマギして落ち着かない。チャラめの女子に声をかけられたときのような、そんな落ち着きのなさに近い。

「にしても、なんとなく着たい服を着るとは前にも言ってたけど、さすがに振れ幅が大きすぎるって。今回は本当にびっくりしたんだからな」

「あはは、ごめんね。なんかカタログを見てたら、こういうのが着たくなっちゃって。似合ってないかな？」

「いや、似合ってはいると思うけど……。その、一緒にいると落ち着かないんだよ、派手すぎて」

「なるほど」

ようやく普段通りの会話ができてきたところで、椿が口を挟んでくる。

「服装のことは、わたしもこれ以上の追及はしないでおきます。あまり趣味がいいとは思いませんが。――それとは別件ですが、先輩はアルバイトをしたそうですね。家の許可が下りるとは思えませんし、一体どういうつもりですか？」

それよりも先に、大和は椿がこの場に来ていることについて尋ねたかったが、今は大人しく口をつぐむ。

別の話題に変わっても、聖良は気怠そうな態度のまま答える。

「確かに印鑑は必要だったけど、うちにある物で問題なかったし」

「そういう話ではないと思いますが」

「じゃあ、どういう話？　うちの学校はバイトを禁止してないし、大和がやるって言ってて面白そうだったから、私も参加しただけだよ。そこに親も椿も関係ないでしょ」

「わたしは！　……うぅ」

聖良から『関係ない』と突き放されて、椿は意気消沈したように俯《うつむ》いてしまった。

普段の聖良なら、もう少し淡々と返答をするはずだが、バイトの件に親の話を持ち出されたことが面白くなかったらしい。こればかりは、少し椿に同情した。

ゆえに、大和はなだめるつもりで介入する。

「まあまあ、そこまで言わなくても。香坂さんだって心配しているから、こうして言ってくれているんだろうし」

「倉木さん……」

「心配とか、求めてない」

ぷいっとそっぽを向かれて、今度は大和の方が意気消沈してしまう。

だが、ここで引いたら聖良のペースになってしまうと思い、大和は気持ちを奮い立たせて言う。

「……そもそも、香坂さんを今日ここに呼んだのは白瀬だろ。俺に相談もなしにさ」

「それって今、関係あること？」

「あるね。白瀬が無断で香坂さんを呼んでいなければ、もう少し和やかな空気になっていたと思うぞ。もしかしたら、今頃は楽しく買い物をしていたかもしれないな」

「椿にはすぐに会いたいって言われて、それで……ううん、やっぱりごめん。大和と椿は仲良くなったみたいだから、秘密にして会わせたら喜ぶかなって思ったんだ。けど、私が悪かったよね」

悪いと思ったときには、きちんと謝る。真っ直《まっす》ぐなところは聖良の美点である。

そういうところは大和も見習いたいと思っているので、穏やかな口調で言う。

「えっと、俺も言い方がきつかったよ。嫌だったってわけじゃないんだ、ごめんな」

「ふふ、やっぱり大和は優しいね」

「全然だって。照れるからやめろよな」

「はぁ……」

そこであからさまにため息をついたのは、椿であった。

しかもどうしてだか、ジト目を向けてきている。

「どうかした？　──あ」

被《かぶ》った二人を見て、椿は再びため息をついてから言う。

「わたしも『二人に何かあったのでは？』などと勘繰ってすみませんでした。これで交際もしていないのですから、倉木さんの甲斐性《かいしょう》のなさは筋金入りみたいですね」

「──ごほっ、ごほっ……」

ちょうど大和はアイスティーを口にしたところだったので、吹き出してむせてしまった。

謝った割に、椿は汚物でも見るかのような目で見つめてくる。

そこで聖良は大きく頷《うなず》いてから、

「やっぱり、二人は仲が良《い》いよね」

「「どこが!?」」

今や犬猿の仲とも言える大和と椿に対して、このタイミングでその発言をするのはさすがである。

「ごほんっ」

仕切り直すように椿が咳払《せきばら》いをすると、大和と聖良を交互に見遣《みや》って尋ねる。

「それで、これからの予定はどうするつもりですか？」

だいぶ強引に切り替えてきたなと大和は思いつつ、聖良に話を振る。

「えっと、たしか買い物をするはずだよな。白瀬は服を見たいって言ってたし」

「あー、それだけど、予定変更。今日はある場所に行きたくて」

「「ある場所？」」

揃《そろ》って首を傾《かし》げる大和と椿に対し、聖良はふっと微笑んで言う。

「きっと二人も楽しめると思うよ」

そう言って、聖良は席を立つ。

どうやら、ついてこいということらしい。

「それもやっぱり、着くまでは秘密なんだな」

「うん。だってその方が、面白いでしょ」

「はいはい」

　こうなったら聖良は止まらないので、大和と椿は大人しく後に続くのだった。

◇

　着いた先は、想定内の場所だった。

「──水族館、だな」

　建物を見上げながら大和は呟《つぶや》く。

　聖良に連れてこられた場所は、駅から歩いて数分の大型水族館だったのだ。

　ちなみに、ここへ到着するまでに芸能関係のスカウトや雑誌のスナップ撮影など、様々な声がけをされたせいで、大和の精神はすっかり削られていた。

　もっとも、声をかけられたのは全て聖良と椿であるが。

　その当の本人たちは、水族館を前にしてきゃいきゃいと盛り上がっている様子。

　ここで空気を悪くするのは気が引けたので、大和は気合いを入れ直した。

「よし、じゃあ入るか」

「うん」「ですね！」

館内に入ると、学生らしき若者や家族連れで賑《にぎ》わっていた。

空調もしっかり効いており、火照《ほて》った身体《からだ》を冷やしてくれる。

「ふぅ、生き返るな」

「もう疲れてるじゃん。寝不足？」

「そりゃあ疲れるだろ。今回はいつものスカウトよりも、ガラの悪い感じの人もいたしな」

おそらく聖良の恰好《かっこう》のせいだろうが、ギャル雑誌の編集者などにも声をかけられたのだ。

明らかにスカウトの幅が広がっている。

「倉木さんが声をかけられたわけではないですけどね」

「一緒にいるだけで緊張するんだよ！　なんか変な目でじろじろ見られたし」

スカウトに慣れている二人の方が普通じゃないのだと、言ってやりたい気分である。

全て即答で断っていた辺り、そういったことに興味はないのだろうが。

そんなことよりも、女子二人は色とりどりの魚が入った水槽の方に興味津々《きょうみしんしん》のようだ。

まじまじと見つめながら、あーだこーだと話している。

大和も水槽を見てみると、神秘的な光景が広がっていた。

「おぉ、綺麗《きれい》だな」

「ね。食べられるのかな？」

「あのな……」

「先輩、子供が聞いてます」

「やば。――わー、キレーだなー」

咄嗟《とっさ》に聖良が空々しいセリフを口にすると、近くで怯《おび》えていた子供が安心した様子で駆けていった。

「「ほっ」」

大和と椿は同時にホッとしてから、すぐに頷き合った。

ここは自分たちがしっかりしなければと示し合わせる。

館内には他にも様々な魚類や海洋生物が飼育されていて、歩いているだけで目を奪われる光景ばかりであった。

深海魚やクラゲなどの変わったビジュアルをしたものや、エイやウミガメが遊泳している海中を模したトンネルなど、展示には様々な趣向が凝らされていて、自然と胸が高鳴る。

そんな特別な空間をこうして三人で回るのも悪くないなと大和は思っていたが、同時に聖良と二人で訪れていたら、どんな時間を過ごしていただろうかとも想像する。

というのも、そこかしこでイチャつく二人組の男女が目に付くからだ。

やはりデートスポットの定番だけはある。館内が基本的に暗いのも作用しているのだろう。

とはいえ、聖良と過ごす時間がそんなロマンチックなものではないことは想像できた。どうせ先ほどのように、どれが食べられそうかという話になるのがオチな気がする。

「なんだ、今と変わらないじゃないか」

そんな独り言を口にすると、聖良と椿が不思議そうに振り返ってくる。

「大和、やっぱり疲れちゃった？」

「それとも、実は魚類が苦手だとか？　もうじきイルカショーの時間なので、あと少しの辛抱ですよ。イルカは哺乳類なので」

「そうじゃなくて、その……三人で遊ぶのも悪くないって思っただけだ。それだけだよ」

大和が笑顔で言うと、聖良は呑気《のんき》に「そうだねー」と言って歩き出す。

しかし、椿の方は申し訳なさそうに俯いてしまった。

「香坂さん？　べつに、本心からそう思っただけだぞ」

「それは有り難《がた》いですが……でも、すみません。やっぱりお邪魔でしたよね」

「まあ、今日来た理由は気になっているかな。ただ遊びたかったってわけでもないんだろ？」

「ええ。……まだ猶予はありますが、お盆のこともありますし、先輩とはもう一度お話をしておきたいなと思いまして」

「お盆に何かあるのか？」

気になったので尋ねてみると、椿はきょとんとしてみせた。

「先輩から聞いていませんか？　白瀬家では毎年、お盆に会合が開かれるんですよ」

「初耳だよ。ゴールデンウィークも親戚で集まっていたみたいだし、やっぱり大家族は頻繁に集まるものなんだな」

「みたいですね。でも、倉木さんにも話していないとなると……」

──ピンポンパンポーン……。

そのとき、まもなくイルカショーが始まるというアナウンスが流れた。

「大和ー、椿ー、はやくー。イルカショー始まるってー」

遠くから聖良が人目も気にせず、大声で呼びかけてくる。

このまま呼ばれ続けるのも恥ずかしいので、大和と椿は後に続いた。

ショーが開催される屋外観覧席に移動すると、やはり人気のあるプログラムだからか、ほとんどの席が埋まっていた。

前方の席だけがいくつか空いていたが、座っている客は誰もがビニール製のポンチョのようなものを羽織っている。

「あれって、前の方に座るためには必要なのか？」

「いえ、必須というわけではないようです。前の三列目までは水しぶきがかかるので、濡《ぬ》れたくない方は購入しているみたいですね」

「なるほど、それなら買ってくるか」

「えー、ない方が面白そうじゃん」

「……三人分、ちゃんと買ってくるからな」

「お願いします」

駄々をこねる聖良を無視して、大和は三人分のポンチョ（一つ百円）を購入する。

それからほどなくして、イルカショーが始まった。

「「おぉっ！」」

水中から勢いよく跳び出るイルカの姿に、三人は揃って声を上げる。

イルカはキュイキュイと甲高い鳴き声を上げながら、係員の指示に従って様々なポーズを取る。その愛くるしい姿に心が癒《いや》された。

興奮と感動、そして癒しを提供してくれたイルカに対して、観客は盛大な拍手を送り、ショーは幕を閉じた。

「いや〜、良《い》いものを見たな」

タオルで顔を拭いながら、大和は清々《すがすが》しい気持ちで言う。

ポンチョを着用して座ったおかげで服は濡れなかったが、顔や足元はびしょびしょになった。とはいえ、そんなことが些末《さまつ》に感じられるくらいに満足していた。

「ですね。イルカさんは可愛《かわい》いだけでなく、賢いところも魅力的ですよね」

「それにすごいジャンプだったー。おかげで顔がびしょびしょになったけど」

各々《おのおの》が感想を言いながら進んでいくと、最後の目玉であるペンギンコーナーに差し掛かる。

「わぁ、可愛いですね」

「ひよこひよこしてるー」

「どうしてこんなに可愛いんだろうな、ペンギンって」

可愛らしいペンギンの姿にはしゃぐ三人。

陸地の上を数十羽《わ》のペンギンが並んで行進している様子や、水中をすいすい進む様を見ることができて、まさに至福の時間であった。

しばらくペンギンの愛らしさを堪能《たんのう》してから先に進むと、入り口に戻ってきた。館内を一周し終えたのだ。

「もう終わっちゃった。また一周する？」

「いや、もう十分だろ……」

「ええ、さすがにやめておきましょう」

「そっか」

好奇心旺盛な聖良は、まさに疲れ知らずの子供のようである。

なかなか広い館内をはしゃぎながら回ったせいで、大和と椿はすでに余力が残っていなかった。

「じゃあ、少し早いけどお開きにしよっか」

聖良は淡々と言う。ヘトヘトになった二人を見て、気遣っているのだろう。

いくらバイトで稼いだとはいえ、すでにかなりの出費をしているため、大和は「そうしようか」と同意した。夏休みはまだ長いし、一日で使い切っては後が続かないからだ。

「はい、わたしもそれで問題ありません。十分楽しめましたし」

椿も満足そうに賛成してきたが、結局のところは今日も遊んだだけである。果たして彼女が今どういった心境なのか、大和は気になった。

とはいえ、自分から事を起こす気はない。お盆のことも気になるが、まだ少し先の話だし、今は目先の楽しみだけを考えようと思った。

水族館を出てから駅に向かい、改札を抜けたところで椿とは別れることになった。

最初に多少のいざこざはあったものの、ひとまずは無事に椿という一日を終えたことに、大和はホッと安堵《あんど》していた。

しかし、それとは別の不安が大和の中には生まれていた。

これから先も、聖良と二人きりで過ごす時間が減るのではないかという、漠然とした不安である。

けれど、そんな気持ちは口には出せない。……出してはいけない気がした。

「そんなに疲れた？」

電車に揺られている最中、隣に座っていた聖良が心配そうに顔を覗《のぞ》き込んでくる。

「ま、まあな。でもそのぶん楽しめたからいいさ」

「水族館、思ってたより楽しめたよね。明日はどこに行こっかー」

「えっ、この調子で毎日遊ぶ気なのか？」

「ダメかな？」

「いや、ダメってわけじゃないけど……宿題とか、ちゃんとやってるのか？」

「あー、ぼちぼち？」

「絶対やってないだろ」

「あはは、バレたか」

無邪気に笑う聖良を見ていると、先ほどまで感じていた不安がどこかへ飛んでいった気がする。

ところが一転して、聖良は窓から夕日を眺めながら、愁いを帯びた口調で言う。

「ねぇ、日がまだあんな高いところにあるよ。やっぱり夏だね」

「最近は六時を過ぎても明るいしな」

「夏は一日が短い気がして、ちょっと寂しくなるよね」

「え？　長い、の間違いじゃなくてか？」

「うん。だって、夜になるのが遅くて、朝が早く来るでしょ。なんかそれって、動ける時間を減らされている気がして」

「どんだけ夜型になりたいんだよ……」

「なりたいんじゃなくて、もうなってるんだよ。ほら見て」

聖良はそう言って、いきなり顔を近づけてきたかと思うと、そのまま至近距離で目を合わせてきた。

瞳は大きく、鼻筋が通っている――作り物みたいに整ったその顔立ちに、大和はすっかり見惚《みと》れていたが、そこで目の下に薄《うっす》らと隈《くま》ができていることに気づいた。

「……白瀬の方こそ、寝不足だったわけか」

「そういうこと。ファンデに感謝だね」

あっさりと聖良が離れたことで、大和は動悸《どうき》を静めようと深呼吸する。そうしているうちに、なんとか気持ちも落ち着いてきた。

「それで、昨日は何時に寝たんだ？」

「九時」

「ああ、意外と早いじゃないか――って、そんなわけないよな……」

つまり、聖良は午前九時――朝になってから寝たというわけだ。それでよくお昼の集合時間に間に合ったものである。

「海外ドラマを観《み》てたら、キリのいいところまで観たくなっちゃって。寝ないでおこうかとも思ったけど、それだったらやばかったかも」

「俺はときどき白瀬のことがわからなくなるよ……」

「あはは」

「笑いごとじゃないっての……」

とはいえ、夜更《よふ》かしの理由が海外ドラマというのは、一般的な女子高生らしいと言える。

もしかしたら夜の街をうろついていたのではないかと一瞬だけ疑ったが、その心配は杞《き》憂《ゆう》に終わったようだ。

それから数分ほどで、電車は最寄り駅に到着した。

改札を抜けたところで、大和のスマホがメッセの新着を報《しら》せる。

（ん？　誰からだ――って、香坂さん？）

メッセの差出人は椿だったのだ。

しかもその内容は、これから二人で会えないかというものだった。もちろん、聖良には内緒でだ。

「どうかした？」

スマホを見つめながら固まる大和に対し、聖良が不思議そうに声をかけてくる。

「いや、なんでもない。行こうか」

大和はそう言いながらも、手元では『わかった』と返信をして、聖良とともに歩き出した。

# 六話　悩める後輩との密会

いつもの分かれ道で聖良《せいら》と別れてから、大和《やまと》は来た道を戻る。

指定された駅前のカフェに入ると、すでに椿《つばき》が二人掛けの席に座っていて、「倉木《くらき》さん、こっちです」と声をかけてきた。

「待たせたかな」

「いえ、来てくださってありがとうございます」

「まだ近くにいたからな」

「はい、隠れて呼び出すような真似《まね》をしてすみません」

行儀よく、礼儀正しい。――その振る舞いは、初めて会ったときの彼女と同じであった。

つまり現在は、外向けの顔を作っているというわけだ。

「で、どうして俺を呼び出したんだ？」

ゆえに、大和は用心しながら尋ねる。

すると、椿はこちらの警戒心を感じ取ったのか、苦笑しながら言う。

「まあまあ、そう急《せ》かさないでください。ほら、何か飲みませんか？　ここはわたしがお代を出しますし、なんでも好きな物を注文してください」

「いや、自分で出すよ。給料も入ったばかりだし」

「そうですか」

しゅんとする椿に構わず、あまり長居するつもりはないという意思表示に、大和はアイスカフェオレのSサイズを注文する。

すると、数分もしないうちにアイスカフェオレが運ばれてきて、大和はストローを勢いよく吸ってから、椿の方へと顔を向けた。

「で、そろそろ本題に入ってほしいんだけど」

「ずいぶんと警戒されているみたいですね。何か気に障《さわ》るようなことをしましたか？」

「いや、してないよ。でも、これからするような気はしてる」

「はあ、そうですか」

これ以上は取り繕っても無駄だと考えたのか、椿はすっと無表情になる。

「では、本題に入りますね。——単刀直入に言いますが、お盆の会合に出席するよう聖良先輩を説得してほしいんです」

お盆の会合というのは、水族館でも話していた白瀬《しらせ》家の集まりのことだろう。

そこに聖良も出席するよう、大和の方から説得をしてほしい――と。

「一つ確認しておきたいんだけど」

「なんでしょうか」

「白瀬は出ないって言ったのか？」

大和が尋ねると、椿はさっと視線を逸《そ》らした。

「いえ、先輩本人の口から欠席すると聞いたわけではありません。それとなく尋ねた際にも、『どうしよっかなー』と答えを濁されましたし」

「なら、まだわからないんじゃないか？」

「お盆の会合には白瀬家の方以外にも、縁の深い方々が招かれています。そこに顔を出すということはつまり……。ともかく、去年も聖良先輩は欠席したんです。おそらく今年もそうするつもりだと思われます」

「そうか、去年は行かなかったのか……」

今の話しぶりからして、お盆の会合はゴールデンウィークの集まりよりも大規模なものなのだろう。

そして去年出席しなかったのなら、今年行かなくてもおかしくない。というよりむしろ、そう考えるのが普通である。

「けど、どうして俺に頼むんだ？　自分で説得すればいいだろ」

「わたしでは説得できません。なぜなら、わたしは聖良先輩に対して、それほどの影響力を持っていないからです」

「………」

毅然《きぜん》とした態度で、けれどどこか苦しそうに言い切った椿を前にして、大和はどう反応したらいいのかわからなくなっていた。

そんな大和を見て、椿は優しく微笑《ほほえ》みながら続ける。

「ですが、あなたなら――倉木大和さんの言うことなら、きっと聖良先輩は聞いてくれます。これは、わたしがここ数日をともに過ごして得た結論です」

自信たっぷりに言い切った椿を前にして、大和は気圧《けお》されながらも答える。

「いや、それは買い被《かぶ》りすぎだよ。白瀬は基本的に自分で決めたことを曲げないし、それは俺が言ったって変わらない。結局は、自分で納得した行動しかしないと思うぞ」

「本当に、そう思っていますか？」

椿から真《ま》っ直《す》ぐに見つめられて、大和は蛇に睨《にら》まれた蛙《かえる》のように身がすくんでしまう。

「それは、もちろん」

「だとしたら、聖良先輩は可哀《かわい》そうです。身近にいる最も大切な人に、融通の利《き》かないサイボーグか何かだと勘違いされているのですから」

「そ、そんなことは思ってない！　そっちこそ、白瀬を甘く見すぎなんじゃないか」

「わたしが先輩を？　あり得ません。撤回してください」

「そっちこそ撤回してくれ。白瀬は可哀そうなんかじゃない。融通は利かないかもしれないけど、サイボーグなんてものと一緒にしないでくれ！」

「………」

あと数回は反撃が来るだろうと予想していたのだが、思いのほか早く椿は黙り込んだ。

というより、椿は口をぽかんと開けて呆《ほう》けていたかと思うと、
いきなり吹き出して、そのまま大声で笑い出したではないか。

「ぷっ……あははは！」

これには周囲の客も、ちらと視線を向けてくる。

「ちょ、おい、香坂《こうさか》さん！　カフェとはいえ他のお客さんもいるんだ、そんな大声を出さないでくれよ」

「ハァ、ハァ……すみません、取り乱しました。もう、大丈夫です」

どうやら落ち着いてくれたらしい。椿が笑うのをやめたことで、周囲の視線も離れていく。

「俺、そんなにおかしなことを言ったか？」

毒気を抜かれた気分で大和が尋ねると、椿はふるふると首を横に振ってみせる。

「いえ。ただ、先ほど倉木さんが怒った理由が、聖良先輩に関することだったので。自分のことではなく、先輩のことで撤回を求めるなんて、どれだけ一途《いちず》なんだろうと思ったら、つい」

「大笑いしたわけか……」

「はい、すみませんでした。――それと、先ほどの言葉も撤回します」

目じりの涙を拭って椿が言うものだから、大和はため息交じりに答える。

「それなら俺も、売り言葉に買い言葉だったとはいえ言い過ぎた。ごめんな」

「はい。ではこれで、お互いわだかまりはなしですね」

できればこのまま穏やかな椿を見ていたいものだが、大和としてはしっかり答えておかなくてはならない。

そのため、大和は真剣な顔つきで告げる。

「その上で、さっきの頼みについてだけど――俺が白瀬を説得することはできない。話を聞いた限りじゃ、白瀬本人は会合に出ることを望んでいないんだろ。それなら無理強いすることはできないよ」

「どうしても、ですか」

「ああ、どうしてもだ」

「………………」

大和の答えを聞いて、椿は落ち込んだ様子で俯《うつむ》いてしまった。

その姿を見て居たたまれなくなった大和は、たまらず尋ねる。

「だいたい、香坂さんがここまでする理由が俺にはわからないよ。白瀬の親に頼まれているのかもしれないけど、そこまで義理立てする必要があるのか？」

「……勘違いをさせてしまったのならすみません。今回の件、聖良先輩のご両親は何も関与されていません」

「でも、この前――」

「はい。以前に先輩が『私の親に言われて来たんだ？』と尋ねてきた際、わたしはそんなところだと答えましたね」

「それは嘘《うそ》だったってことか？」

椿は困ったような顔をして答える。

「嘘をついたというよりは、見栄《みえ》を張ったというべきかもしれません。――先輩のお姉さんである礼香《れいか》さんから、ご両親が先輩の会合出席を求めていることはお聞きしていたので」

　まさか、ここで礼香の名前が出るとは思わなかった。話を聞く限り、椿は彼女ともそれなりの親交があるようだ。

　それに形はどうあれ、聖良の親が会合の出席を望んでいるのは事実らしい。

「まあ、親なら親戚の集まりに娘が出てほしいと思うのは当然のことか」

「そうかもしれませんね」

「けど、なおさらわからなくなったよ。香坂さんがここまでする理由が」

　聖良の親が根回しをしていたわけじゃないとすると、つまり今回は椿自身の意思によって、聖良を会合に出席させようとしていることになる。

　その理由が知りたくて、大和は椿の返答を待った。

「……わかりました。それで倉木さんの気持ちが変わるかもしれないなら、話します」

　すぅと小さく息を吸ってから、椿は覚悟を決めた様子で口を開く。

「──わたしの本当の目的は、聖良先輩が元の状態に戻ってくれることです」

　そう口にした椿は、先ほどよりも険しい顔つきになっていた。

「元の状態、ね」

　この場合の『元の状態』とは、中等部までの聖良を指しているのだろう。

仮にそうなったとして、椿にはなんのメリットがあるのか。それを聞くために、大和は黙って続きを待つ。

「わたし、実は今スランプで。——あ、バレエの話です。それで現状を変えるために、目標としていたライバルに戻ってきてもらおうと、そう思っているんです」

「つまり、白瀬にまたバレエを始めてほしいと？」

「はい。そうすればきっと復調しますし、今のわたしであれば、万全の状態なら聖良先輩にも負けないはずですから」

そう語る椿は、決意にも似た闘志を瞳に宿していた。

椿の言いたいことはわかる。

聖良がバレエをしていたのは、父親に習うよう言われていたからである。それゆえに、聖良が再びバレエの世界に戻るためには、中等部の頃のように実家に戻って、父親の完全なる管理下に入る必要があると、椿はそう考えているのだろう。

だから、聖良が『元の状態に戻ってくれること』が本当の目的というわけだ。

「なるほど……。いや、バレエの世界はよくわからないけど、言わんとしていることは伝わったよ」

「そうですか、よかったです。では——」

「でも、やっぱり駄目だ。俺の答えは変わらない。だってそれは、完全に香坂さんの都合だろ。白瀬はそれを望んでいないし、なんのメリットもないじゃないか」

「――ッ！」

ダンッ！　とその瞬間、椿は力強くテーブルを叩《たた》いて、勢いよく立ち上がる。

思わずビクついた大和に向かって、椿は見たこともないような形相で言い放つ。

「メリットならあります！　あなたは昔の聖良先輩を何も知らないからそんなことが言えるんです！　あの人は完全無欠、何者も寄せ付けない孤高の天才、全ての分野において飛び抜けた才能を持ち、他の追随を許さない。そんなアスリートや文化人にとって目標であり、同時に宝とも呼べる、稀有《けう》な存在なんです！　それが今や、ただの一般人に成り下がり、遊んでいるだけ。そこから脱却して、またあの素晴らしい存在に戻れるんですから、むしろメリットしかありません！　戻るべきなんです！」

怒りや苛立《いらだ》ちを隠そうともせず、椿はテーブルに身を乗り出して大和に迫っていた。

その顔は今や目の前にあるが、大和は自身の胸がドキドキしているのがどういった感情によるものなのか、理解できずにいた。

椿は息を荒げながら席に着き、ごほんと咳払《せきばら》いをして、

「……すみません、また取り乱しました。ちょっとお手洗いに行ってきます」

そう言って立ち上がり、そのまま席を離れた。

「…………」

ある種の修羅場を経験した大和は、衝撃のあまり絶句していた。

どうやら周りには痴情のもつれと勘違いされているようで、視線が痛いくらいに刺さってくる。

そんな状況を耐え忍んでいると、五分ほどで椿が戻ってきた。

「戻りました」

「あ、あのさ」

「はい」

「とりあえず、店を出ないか？」

気まずさから大和が提案する。

椿は周りを見回してから、「はい、そうしましょうか」と承諾してくれた。

場所は変わって。

大和と椿は近くの公園を訪れていた。

すでに日は傾いていて、徐々に辺りが暗くなり始めている。そのせいか、他に人の姿はなかった。

「ここにしようか」

「はい」

木製のベンチに椿を座らせてから、大和は自動販売機に向かう。

椿にスポーツドリンクを、自分にアイスティーを買ってから、ベンチに戻る。

「はい、これ」

「ありがとうございます。えっと、今お代を——」

「いや、いいよ。さっきも言ったけど、給料が入ったばかりだから。それに一応は年上なんだし、これくらいは奢《おご》らせてくれ」

そこでふと、バイト先で食事代を手渡そうとしてきたアベック呼びの男性のことが頭に浮かんだ。あの人も今の自分みたいに、年上だから奢るという気分だったのかと思った。

「……わかりました。では、いただきます」

椿がスポーツドリンクに口を付けてから、大和は口を開く。

「それで、その、なんというか——ごめん」

「えっ?」

椿は驚いた様子で目を丸くしている。

困惑する椿に対して、大和は続きを話す。

「俺はさっき、香坂さんの事情をちゃんと知りもしないで、ひどい言い方をしたと思うから。——けど、その上でやっぱり、白瀬が望んでいないことを無理強いはできないと思ったし、白瀬にとって元の生活に戻ることが良《い》いことだとは思えなかった。それは、俺の正直な気持ちだ」

「そう、ですか」

「だって、白瀬は昔の話をしてくれたとき、すごく辛《つら》そうだったからさ」

「えっ……」

ゴールデンウィークの最終日、屋上遊園地で自身の過去を話す聖良は、とても辛そうに見えた。

それは習い事に限った話ではなかったが、息抜きにあの屋上遊園地を訪れていたくらいだ。きっとそういった全てをひっくるめて、聖良はそれまでの自分と決別することを選んだに違いないと、大和はそう思っている。

だが、いくら決別したと言っても、全てを無かったことにしたわけじゃないだろう。

その証拠に、聖良は椿と関わることを避けたりはしなかった。

「俺はさ、自分で生き方を決めようとしている白瀬に憧れているんだ。力不足かもしれないけど、できれば応援したいし、隣に立てるような人間になりたいとも思ってる。だから、白瀬が納得して決めた道を否定するようなことはできない」

「…………」

自分の目的は達せられないと悟ったからか、椿は泣き出しそうになるのを必死に堪《こら》えながら、唇を噛《か》み締めて俯いてしまった。

そんな彼女に対し、大和は真《ま》っ直《す》ぐに向き直る。

「けど、それは必ずしも、香坂さんに協力しないって話じゃない」

「……え？」

僅かに顔を上げた椿に向けて、大和は優しく語りかける。

「少なくとも、白瀬は香坂さんを遠ざけようとはしていないんだ。だったら俺も、香坂さんの抱えている問題を上手《うま》く解決する方法を考えたいと思うよ。その方が、白瀬もきっと喜ぶと思うし」

「でも、それは……」

「もちろん、俺はバレエのことはよくわからない。だからもっと話してほしい。それで考えたいんだ。白瀬に勝つ以外の方法で、なんとかスランプを抜け出せないかをさ」

大和がそう告げると、椿は一瞬だけ目を見開いた。

「………聖良先輩の、言う通りですね」

「えっと、それはどういう……？」

「いえ、こちらの話です。気にしないでください」

にっこりと笑顔を向けてくる椿。

腹を割って話そうというニュアンスで伝えたはずなのだが、その直後にこれだと、こちらの意図が伝わっているのか心配になる。

けれど、すでに椿は気持ちを切り替えた様子で話し始める。

「まず、わたしのスランプの原因ですが、おそらく聖良先輩への劣等感にあります」

「劣等感か。話を聞いている感じだと、それで間違いなさそうだな」

「はい。というのも、そうですね～、わたしにとって聖良先輩は……敵、ですから」

「敵、ね」

物騒な単語である。これは先が思いやられそうだ。

「じゃあ、香坂さんは白瀬のことが嫌いなのか？」

「いえっ、とんでもない！　大好きです！」

「お、おう」

予想外に食い気味で迫られて、大和は気圧《けお》されてしまう。

だがそれにも構わず、椿は続ける。

「ですが、ときどき無性に憎らしく思うこともあります。何せ、わたしにあるものもないものも、全て持っている人ですから」

「ほ、ほう。まあ、そういう感情を持つのは仕方がないのかもしれないな」

聖良の姉である白瀬礼香は、天才は孤独になるものだと言っていた。自分よりも優れている存在を前にした場合、嫉妬や僻《ひが》みの感情が生まれるのはごく自然なことだからだ。その意味をまた改めて、思い知らされた気がする。

「だけど、香坂さんだってすごいバレリーナなんだろ。その時点で、凡人の俺からすると十分すごいって思うけどな」

我ながら語彙力が足りないなと大和は思ったが、言わんとしていることは椿にも伝わったらしい。

「そうですね、確かにわたしはすごいバレリーナですが」

「お、おう」

なんかノッてきた。

「この話を掘り下げるには、幼少の頃まで遡る必要がありまして」

「うん、聞かせてほしい」

椿の問題を解決するためには必要なことだろうし、単純に聖良の昔話には興味があった。

とはいえ、それを聖良のいないところで聞くのは少し後ろめたかったが、仕方ないだろう。

それから椿はまるで自分の自慢話でもするかのように、嬉々《きき》として語り始める。

「香坂家と白瀬家は昔から縁があって、そのおかげでパーティーに招待される機会なども多いんです。だからわたしは、物心がつく頃には聖良先輩のことを知っていました」

「本当に昔からの知り合い、いわゆる幼馴染《おさななじみ》ってやつなんだな」

「はい。そんなわけで、一貫校の初等部に上がる頃には、一つ年上の聖良先輩がいろいろな習い事で優秀すぎる成績を修めているという話は耳に入っていました。わたしも親の方針で様々な芸事を習っていたので、これは負けていられないなと、子供ながらに闘争心を持ちました」

椿の負けん気の強さは幼少の頃からだったらしい。その点は聖良と共通している。

「でも、実際に同じ大会に出てすぐに気付きました。――レベルが違うと。あの人は正真正銘の天才で、わたしは入賞止まりの凡才だと思い知らされたんです」

「初等部の低学年の頃から、もう白瀬はすごかったんだな」

「ええ。聖良先輩はどの分野においてもあまりに頭《ず》抜けていたので、わたしは悔しいというよりもまず、憧れの気持ちを抱きました。それに、何度か声をかけさせてもらったのですが、その際も素っ気ない態度で……子供ながらにかっこいいと思ったものです」

聖良の他者に対する素っ気ない態度は、幼少の頃からだったようだ。それをかっこいいと思う時点で、椿も昔から少々変わっているように思える。

「初等部の高学年まではそのまま一方的に憧れていただけでしたが、あるとき同じバレエのコンクールに出場する機会があったんです。そして、そこで負けたときに悔しいと思いました」

そこからきっと、椿は聖良のことを敵——ライバルとして認識したのだろう。

過去を懐《なつ》かしむように、椿は遠い目をして続ける。

「まず勝つためにはなんでもしようと決めて、中でも一番得意なものがバレエだったので、バレエ一本に絞ることにしました。両親にも理由を説明して、中等部に上がると同時に晴れてバレエ一筋となったのですが、やっぱり一度も勝てなくて」

このバレエについての話題は、一番ナイーブな部分だろう。それゆえに、大和は黙って続きを待つ。

「ご存じの通り、バレエに関してはわたしもそれなりの実力があります。何せ培《つちか》ってきた経験が、年月がありますから。同年代では敵なしで、いつも周りからは言われていました──『万年二位の椿姫』、と」

その呼び名を口にしたとき、椿は悔しそうに歯噛《はが》みをした。よほど思い出したくない名なのだろう。彼女の屈辱感がこちらにも伝わってくる。

「ひどいことを言う人もいるもんだな」

「はい。そういうこともあって、悔しくて、何度も心が折れそうになりましたが、わたしにはもうバレエ以外に何も残っていなかったので、途中で投げ出すこともできず……そんなある日のことでした。──先輩が、いなくなったのは」

いなくなった日、というのは聖良がバレエをやめた日のことだろう。

それは同時に、聖良が自分自身で生き方を選択しようと、踏み出したタイミングでもある。

「やっぱり、嫌だったか？」

「いえ。初めは、ホッとしたんです。やっといなくなってくれた──って。でも、結局わたしは先輩の影を追い続けていて、先輩の演技に勝るものが自分にできているとは到底思えなくて。いくら大会で優勝しても、スカウトを受けて有名になっても、先輩がいないからだとしか思えなくて」

そう語る椿は苦しそうに顔を歪《ゆが》めて、涙を堪えていた。

これは今も抱え続けて、戦っている椿の感情そのものだろう。その重さは計り知れない。

それから椿は自嘲するように笑い、空を見上げる。

「でもまあ、当然ですよね。後になって知ったのですが、先輩は海外の有名なジュニアバレエ団からもスカウトされていたらしいですし、同時にわたしがやめた他の分野でも素晴らしい成績を残し続けていたんです。やっぱり、住む世界が違ったんですよね」

言い切ってから、椿は自らの顔を両手で覆う。

「って、ごめんなさい、またやっちゃった……。こんなことを言っても、なんにもならないのに……」

顔を覆う手のひらからは涙がこぼれてきて、後悔の嗚咽《おえつ》も漏れ出した。

聖良と会う以前の大和は、才能のある者ばかりが得をしているものだと思っていた。ゆえに、世の中は不公平だといつも文句を言いたい気持ちであった。

だが、今ならわかる。

才能を持つ者には、持つ者なりの苦悩があることを。

それを知った大和には、椿を放置することなどできるはずもなく。

「頑張ったんだな」

そう一声かけて、大和は彼女の頭を優しく撫《な》でた。

「うっ、うぅっ、うぇぇ〜〜ん……」

　椿は大和の胸を借りて、気が済むまで泣いた。

　椿が泣き止《や》むまで、大和はひとしきり頭を撫でるのだった。


「ぐすっ、ぐすんっ……」

　しばらく泣き続けていたが、椿はようやく落ち着きを取り戻したようだ。

　僅かに距離を取ってから、恥ずかしそうに顔を背ける。

「ごめんなさい、また取り乱してしまって……」

「気にしなくていいよ。俺が話してほしいって言ったわけだし」

「倉木さんは、思っていたよりもずっと頼りになる方ですね。お父さんみたいで、ちょっと安心しちゃいました」

「お、おう。それはまあ、何よりだ」

　照れくさそうにしているところ悪いが、大和は一つしか年齢が違わない女子に『お父さんみたい』と言われて、内心ではとてつもなく複雑な気持ちになっていた。

　とはいえ、今の椿にそれを言うべきではないので、口にはしないが。

「こういうところに、聖良先輩も惹《ひ》かれたんでしょうか」

「いや、さすがに白瀬のお父さんよりは、俺の方が良《い》いお父さんになれると思うぞ」

「変な対抗心を燃やさないでください……。そういう意味で言ったわけじゃないですし」

現状の大和にとって、聖良を困らせるあの父親はいわば『敵』に近い存在であるので、つい反射的に口を衝いて出ていた。おかげで椿が若干引き気味である。

そこで、椿はすぐに顔を引き締めて向き直ってくる。

「わたし自身、本当はわかっているんです。今聖良先輩がバレエの世界に戻ってきたとしても、それはわたしが戦いたかった先輩ではないことぐらい。それに、ブランクを利用して勝っても意味はないですし。それどころか、実際は今も勝てるビジョンなんて――」

「ストップ」

そこまで椿が口にしたところで、大和は遮った。

そして代わりに、大和は提案する。

「そういう気持ちを全部、白瀬に話してみないか？　もちろん、面倒に思われるかもしれないし、香坂さんが腹を立ててるようなことを言われるかもしれない。――でもきっと、白瀬は真正面から向き合ってくれるよ」

これは大和なりに考えた打開策である。このまま思いを燻《くすぶ》らせているよりも、一度真正面からぶつかるべきだと思ったのだ。

「そう、でしょうか。先輩にとって、わたしなんて眼中にもなかったどうでもいい相手のはずですから、そもそも何も覚えていないんじゃ……」

「この数日、俺だってボーッとしてたわけじゃない。白瀬が香坂さんをどういう風に思っているのか、それとなくはわかっているつもりだよ。大丈夫、白瀬にとって香坂さんは、どうでもいい相手なんかじゃないよ」

ただでさえ聖良の考えは摑《つか》めないので、はっきりしたことはあまり言えないが、それでも聖良が椿をどうでもいい相手と思っていないことは断言できる。

というのも、実際にどうでもいい相手に対する聖良の反応は、今まで嫌というほど見てきたからだ。

「うぅ、間違っていたら恨みますよ？」

「いや、恨むのは勘弁してもらいたいところだけど……」

「ふふ、勘弁しません。その代わり、倉木さんの言うことを信じてみます」

後輩女子からそんなことを言われて、不覚にも大和はドキッとした。

ゆえに、さっと視線を逸《そ》らして立ち上がる。

「ま、まあ、そうと決まれば、白瀬にカミングアウトする日時を決めないとな」

「なんか緊張しますね。こういうのって、いつにするべきなんでしょうか……」

「思い立ったが吉日というし、明日はどうだ？」

「無理です！　もう少し心の準備をする時間をください！」

大和自身、思い立ったが吉日とわかっていながらなかなか実行できないタイプなので、その辺りは無理強いできない。

「なら、どうするか。何かきっかけがあればいいんだけどな」

うーん、と椿はしばらく思い悩んでから、

「では次、聖良先輩とわたし、それに倉木さんが揃《そろ》う日に伝えます」

「よし、決まりだな。でもさっそく明日、白瀬と遊ぶことになっているんだよなー」

「もしかして、毎日二人で遊んでいるんですか？　さすがに不潔です」

「なんでだよ⁉」

「ともかく、明日はバレエのレッスンがあるのでわたしは無理です。それから明後日《あさって》も。その次の日も」

「本当に伝える気はあるのか……？」

「ありますよ！　失礼な人ですね、まったくもう」

むくれて頰を膨らませる椿の仕草は年相応に見えて、なんとも可愛《かわい》らしい。

椿の本心を聞けたことで、ようやく彼女が一つ年下なのだと実感できた気がした。

「じゃあとりあえず、スケジュールが空く日がわかったら教えてくれ。俺でも、白瀬にでも構わないからさ」

「わかりました。そうさせてもらいます」

そうして会話が一段落したところで、帰ることになった。

この頃にはすっかり日が沈み、辺りには夜闇《よやみ》が広がっていた。

駅前まで送ったところで、椿が向き直ってくる。

「今日はありがとうございました」

「もう暗いから、帰り道は気を付けるんだぞ」

「本当にお父さんみたいですね。ですが、ご心配ありがとうございます」

「そのお父さんって言われるの、地味に傷付くからやめてくれ……」

割と本気で頼み込むと、椿はふっと微笑《ほほえ》んでみせる。

「わかりました。――ではさようなら、大和先輩」

「えっ、今――」

大和の言葉を最後まで聞かずに、椿は改札の向こう側へと消えていった。

その背を見送ってから、大和は気恥ずかしくなりつつも帰路に就いた。

帰宅した大和が風呂《ふろ》から上がると、スマホに新着のメッセが届いていた。

さっそく椿が覚悟を決めたのかと思いきや、差出人は瑛太《えいた》で。

『週末の花火大会、倉木も一緒に行こうぜ！　もちろん、聖女さんも誘うんだぞ！　場所はココ↓』

そんな文面に、花火大会の会場の地図が添付されていた。

「花火大会、か」

興味がないといえば嘘《うそ》になる。

それに聖良も呼べば、もしかすると彼女の浴衣《ゆかた》姿が見られるかもしれないわけで。

そう考えた大和は『了解』とだけ返信しようとしたところで、一つ案を思いつく。

瑛太宛てに、『その花火大会って、他にも人を呼んでいいか？』とメッセを送った。

すると、すぐさま瑛太から『モチ！　でも浮気《うわき》はいかんぜ？』とふざけた返事がきたので無視することに決めた。

代わりに、別の相手にメッセを送る。

すぐさま届いた返事を見て、大和は自然と笑みを浮かべるのであった。

# 七話　花火大会とカミングアウト

花火大会の当日。

夕暮れ時の午後五時半、大和《やまと》は待ち合わせ場所の最寄り駅にいた。

待ち合わせをしている相手は聖良《せいら》と、そして椿《つばき》である。気持ちを伝える良い機会だと思い、先日誘ったのだ。

「おまたせしました」

声をかけられて、振り返った大和は驚いた。

そこには髪をアップに結って、紺地に水玉模様の入った浴衣を着た椿の姿があったからだ。

浴衣のデザイン的に少しあどけなくも感じるが、椿の清純なイメージが際立《きわだ》っていて、これはこれでいい。

「浴衣、着てきたんだな。似合ってるぞ」

「ど、どうも」

大和にしては珍しく直球で褒めたせいか、何やら変な空気になってしまった。

このまま二人でいるのは気まずいので、早く聖良が現れないかとそわそわしていたのだが。

「白瀬《しらせ》、来ないな……」

「ですね……」

スマホを確認しても、新着のメッセはなし。

試しに電話をかけてみたが、応答はなかった。

ちなみに瑛太《えいた》や他のクラスメイトたちは、数時間前から花火の観覧スポットの場所取りをしているらしく、現地で合流することになっている。

というのも、今日開催される花火大会は都内でも大規模なもので、間違いなく混雑するのだとか。

花火が打ち上がる時間まではまだだいぶ余裕があるが、場所取りをしている彼らを待たせるのも申し訳ないので、混雑がピークになる前に向かいたいところなのだが。

「白瀬、まだ来ないな……」

「ですね……」

ちらほらと、浴衣を着た花火客らしき姿が目に入る。これから会場のある駅へと向かうのだろう。中にはカップルの姿もあって、それが余計に居心地を悪くさせた。

――ブーッ。

と、そこでようやく聖良からメッセが届いた。

『ごめん、遅れそうだから先に行ってて』

しかし、届いた文面はそんな内容で。

大和はがっくりと肩を落としてから、『いや、待ってるよ。どれくらいで来られそうだ？』とメッセを送る。聖良一人で現地に着くのは不可能だと思ったからだ。

けれど、聖良からは『わかんないから先に行ってて』と返ってきた。あちらも譲る気はないようだ。

「聖良先輩からですか？」

「ああ、白瀬は遅れるってさ。待っていても仕方がないし、先に行ってるか」

「えっと、大丈夫なんですか？」

「大丈夫じゃないだろうけど、花火会場の最寄り駅に着いたら連絡するよう言っておくよ。これ以上、新庄《しんじょう》たちを待たせるのも悪いしな」

「わかりました」

あくまで椿にとってのメインイベントは、自身の気持ちを聖良に打ち明けることだ。それゆえに、彼女の顔には不安の色が見えた。

「俺だって、白瀬と花火が見たいんだ。なんとしても、合流は果たすつもりだよ」

「大和先輩……」

信頼を寄せてくれているところ悪いが、まだ大和はその呼び方に慣れておらず、背中の辺りがむず痒《がゆ》くなってしまう。

ひとまず聖良に対して、『じゃあ現地の駅に着いたら連絡してくれ』とメッセを送り、椿とともに電車に乗ることにした。

すでに花火会場方面への電車は混雑しており、まさにぎゅうぎゅう状態であった。

そのせいで大和は、椿を壁際《かべぎわ》にしてガードする形になり、

「わっ」「きゃっ」

電車が揺れた拍子に、身体《からだ》が密着するハメに。

互いに赤面してしまい、そのことが余計に恥ずかしさを助長した。

「先輩、すみません……」

「いや、俺の方こそ……。もう少しだけ我慢してくれ」

「はい」

シャンプーの香りだろうか、目の前の椿からはとても良い匂《い》いがして、大和の心臓はす

ごい速さで脈打っていた。

（くう、早く着いてくれ……！）

そんな風に心の底から神頼みしていると、ようやく電車は花火会場の最寄り駅に到着した。

その瞬間、客がなだれるようにして車内から降りていく。

大和たちも取り残されないよう、その列に続いて降りた。

「すごい混雑具合でしたね……」

「だな……」

すでに疲弊しきっている二人だったが、駅を抜けた後も驚かされた。

そこには人の群れ。まさに群衆と呼ぶべき大勢の人々が、提灯の明かりが照らす中、亀のような速度で花火大会の会場へ向かっていたのだ。

「こりゃあ、白瀬が来るのは無理かもな……」

「でも、聖良先輩が来る頃にはもう少し空《す》いているかもしれませんし」

「だな、そう期待しよう。とりあえず、新庄たちと合流しないとな」

人混みの中を大和たちは直感を頼りに進んだものの、運良くスムーズに抜けることができた。

おかげで三十分後には大橋を渡りきり、瑛太たちの待つ向こう岸の観覧スポットに到着できた。

川沿いの木陰にレジャーシートをいくつも敷いて、観覧スポットとして利用しているようだ。確かにこの場所なら、花火を見るには絶好と言えるだろう。

「お、来た来た。こっちこっちー」

大和たちの姿を見つけるなり、瑛太が手を振ってくる。

彼の他にも十人近くの姿があるが、女子の比率の方が高いように思えた。

「悪い、待たせたな。けどごめん、白瀬は遅れるみたいだ」

「いいってことよ。とりあえず、いる奴《やつ》らだけで楽しもうぜ」

「香坂《こうさか》さん！　来てくれて嬉《うれ》しいよ～！　ていうか、浴衣すっごく可愛《かわい》いね！」

芽衣《めい》や他の女子たちが嬉しそうに椿のもとに集まる。

芽衣を含め、椿以外は浴衣を着ていなかった。そのせいか、椿は恥ずかしそうに赤面している。

と、大和もシートに座ったところで、瑛太がニヤニヤしながら肩を組んできた。

「にしても倉木《くらき》、焼けたな。さては海に行っただろ」

「新庄にだけは言われたくない」

大和は海に行った際も日焼け止めを塗っていたので、軽く焼けた程度だが、目の前の瑛太は一瞬誰だかわからないぐらい真っ黒に日焼けしていた。まるで日焼けサロンにでも通ったかのようである。

その上、瑛太はサングラスをかけて、いつぞやにも見たサッカー日本代表のレプリカユニフォームまで着用しているものだから、声をかけられるまで誰だかわからなかったほどである。パッと見、軽く不審者にも見える。

「いや〜、やっぱり夏の男は焼かないと、格好がつかないよな。ばっちりオイルで日光浴をキメていたらこのザマよ」

「バカなのか、やっぱり……」

「ハッハッハ、おバカな野郎同士で夜の花火を満喫しようや！」

「勝手に同類扱いされても困るけどな」

ところが、お祭り気分なのは瑛太だけじゃないようで、眩しいくらいの金髪に脱色した者や、コスプレじみた服装をしている者までいて、大和は反応に困っていた。

レジャーシートの上には、スナック菓子やペットボトル入りのジュース、それに屋台で買ったのであろう食べ物がずらっと並んでいるので、夜の花火を満喫するのにうってつけと言えるだろう。

ちなみに大和からの差し入れは、家にあったせんべいの大袋三種類である。

「ぷくくっ、お前は田舎のおじいちゃんかよ！」

「人のことをお父さんとかおじいちゃんとか言うなんて、失礼だぞ。俺はまだ高校生だってのに」

「ほほう、さては聖女さんにパパ扱いされたか？」

「されてない！　変な憶測すんな！」

「なら、あっちの後輩ちゃんか」

愉快そうに瑛太が指差す先には、女子勢からお菓子やジュースで餌付けされる椿の姿があった。

遠目に見ても和やかな雰囲気で、なぜだか大和までホッとした。

「まあ、そんなところかな」

「あの子、ちょっと変わったよな。前よりも雰囲気が丸くなったというか」

「よく見てるんだな。先生一筋じゃなかったのか？」

「いや、よく見てないからわかるんだって。お前もまだまだ青いな」

「そっちこそ、じいさんみたいなことを言ってるじゃないか」

「なんじゃとー」

「だから、じいさんかっての」

こんな気軽なやりとりを瑛太と交わすのも、なんだか久々な気がする。

それに瑛太の言う通り、以前よりも椿が丸くなった――というより余裕が生まれているのは、大和も感じ取っていたことだった。

きっと、覚悟を決めたことでいくらか前進することができたのだろう。

あとは今日、聖良に思いを伝えるだけである。椿をこの場に呼んだ以上、大和にもそれに協力する義務があるだろう。

そんな風に考えながらもスマホを確認するが、新着のメッセはなく。

「はぁ」

「お前はあんまり変わんないな。ずっと聖女さんにご執心だ」

「冷やかすなら無視するからな」

「へいへい」

「おーい、新庄、虫よけ買ってきたぞー」

そこで買い出しに行っていた男子数人が戻ってきたようだ。

やけに男子の数が少ないなと思っていたが、そういうことかと大和は納得する。

「おっかえり～！」

そこで男子の一人に、軽音部の女子が抱きついたではないか。

「おいよせって、こんなところで」

「だって～、寂しかったんだも～ん」

目の前で突然イチャつき始めた男女――カップルの二人は、夏休み前にはどちらも恋人がいないことを嘆いていたはずだ。いつの間にそういう関係になったのだろうか。

「付き合ってたのか……」

呆気《あっけ》に取られながらも大和が呟《つぶや》くと、その光景を見ていた瑛太がうんうんと頷《うなず》きながら、肩に手を置いてくる。

「やっぱ夏は恋の季節なんだなー。オレもまさか、こいつらがくっつくとは思わなかったもんなー」

「ま、まあ、意外と言えば意外かもな」

すると、カップルの男の方が大和に対してグーサインを向けてくる。

「倉木もそんな独り身と一緒にいないで、おれたちと思い出話をシェアしようぜ」

「えっ、どうして俺が？」

「だってお前、聖女さんと付き合ってるんだろ？　夏だし、やっぱいろいろやっちまうよなー」

「いや、俺たちはそういう関係じゃないけど……」

「えっ……」

その瞬間、明らかに場の空気が凍り付いた。

元々、大和は瑛太以外の男子と気軽に話せているわけでもないので、買い出し組が合流した時点で気まずく思っていたのだが、今の状況はそういうレベルじゃない。

どうやら大和と聖良は、周囲の者たちには、すでに恋人同士の関係だと思われていたようで、何人かが本気で動揺しているのが伝わってくる。

と、そこで瑛太がいきなり立ち上がり、

「てか、誰だよこの蚊取り線香を買ってきた奴！　虫よけって言ったら普通スプレーだろうがよ！」

そんな叫び声が響き渡ったことで、がやがやと賑《にぎ》やかな会話が再開される。

その中で、先ほどの男子が声をひそめて言ってくる。

「悪かったな、空気読めてなかったわ。さっきの、気にしないでくれよな」

「ああ、大丈夫。……それと、おめでとう」

照れ隠しに大和は頰をかきながら言うと、その男子は嬉しそうに「さんきゅ！」と言ってきた。

「さて、独り身は独り身同士で仲良く花火見物でもしますか」

そこで独り身——瑛太が再び声をかけてきて、大和はため息交じりに頷いてみせる。

「さっきは助かったよ。まあ、新庄が話を振ってこなければ、そもそも問題自体が起きなかった気もするけどさ」

「素直じゃないなあ、相棒」

「誰が相棒だ。勝手に独り身の相棒にするなよ」

と、二人のもとに別の男子が近づいてきたかと思えば、「次の買い出しは倉木と新庄で頼むわー」と遠慮なく役割を振ってきた。

しかし、瑛太は納得がいかないようで、

「お前ら、オレがどれだけこの場所取りに苦労したかわかってないから、そんなぞんざいに扱えるんだぞ！　何せ朝七時からいたんだからな！　七時だぞ、七時！　始発で来たわ！　おまけに他の奴らはみんな遅れてくるし！」

必死に自分の功績を訴える瑛太だったが、皆に聞く気はないらしく、各々《おのおの》菓子や飲み物を手に談笑したり、スマホをいじったりして時間を過ごす。

周囲の男子と同じように大和もスマホをいじろうとしたところで、隣のシートに座る女子たちから注目されていることに気づいた。皆、ニヤニヤと笑みを浮かべている。

その中で、椿は気まずそうに愛想笑《あいそわら》いを浮かべていて、芽衣はぷんすかとふくれっ面《つら》をしていた。

「えっと、何か？」

大和が例外の二人には構わず尋ねると、一人の女子が返答する。

「ねぇねぇ、倉木くんは香坂さんのこと、なんて呼んでるの？」

「え？　いや、普通に香坂さんと」

「「「「きゃーっ」」」」

途端、黄色い声が女子たちから上がる。

今のでなんとなく状況は察した。どうやらこの騒動は、椿が彼女たちとの会話の中で、『大和先輩』呼びをしたせいで起きたものだろう。

そして、芽衣だけはなぜだかその状況を面白く思っていない、と。

こうなったのも、先ほどひと騒動あったことが起因しているのかもしれないと思い、大和は頭を抱えたくなった。

ちなみに、はっきり言って一番面倒なのは芽衣である。

さて、この状況をどう切り抜けようかと考えていたら、誰かが唐突に肩を組んできた。

また瑛太かと思って後ろを向くと、相手は予想外の人物――クラスメイトの永山《ながやま》で。

困惑する大和に向かって、永山は関節技を決める要領で締めにかかってくる。

「ちょ、待て！　なんなんだよ一体⁉」

「お前ばっか、お前ばっかずりいんだよぉ！」

「いてっ、いてててて っ！」

周囲の男子たちはみんな永山の味方らしく、むしろ歓声を上げている。

ちなみに瑛太は先ほどのことで傷心中だからか、ずっとそっぽを向いたままである。つまり、応援は望めない状況というわけだ。

こうなったら、反撃に出るしかないと大和は腹を括《くく》る。

小柄な永山だけなら、大和一人でもなんとかできそうだと思ったのだ。

だが、その矢先、さらに大柄な男子が足に関節技をかけてきたではないか。

これはもう抵抗のしようがない。多勢に無勢である。

こういうとき、聖良がいればと思わないでもない。そんなことを考えてしまう自分を少し情けなくも感じてしまうが。

「ギ、ギブ……ッ」

「まだまだぁ～！　――んおっ⁉」

そのとき、大和の拘束が解かれた。

そして目の前には、にっこりと微笑《ほほえ》む椿の姿があって。

「やりすぎです、怪我《けが》をしてしまいますよ？」

「「は、はい、すみませんでした……」」

どうやら椿のおかげで、拘束タイムは終了したらしい。

周囲の男子が恐れおののいていることから、椿が二人に何かをしたのは間違いないだろう。だが、大和の位置からではよく見えなかった。

「助かったよ、ありがとな」

「いえ、ちょっとやりすぎかなと思ったので。余計なお世話じゃなかったみたいでよかったです」

「まあ、彼らも悪気はないだろうからさ。それより、一体何をしたんだ？」

気になったので尋ねると、椿はごまかすように「べつに、ただ注意しただけですよ？」と言って微笑んだ。

――ヒュ～……ドンッ！

そのとき、花火が打ち上がった。

花火大会の開始である。

「わぁ、綺麗《きれい》……」

椿と同様に、周囲の皆が花火に目を奪われる。

だが、大和だけはスマホを確認していて。

（まだ連絡がないとか、白瀬は一体どこで何をやっているんだよ）

胸の辺りにモヤモヤとした焦燥感が湧き上がってくる。

この花火を聖良と一緒に見ることを、楽しみにしていた反動だろう。

ワンテンポ遅れて頭上を見ると、打ち上げられた花火が満開の花のように広がって、夜空を煌々《こうこう》と彩《いろど》っていた。

——ブーッ。

そのとき、手元のスマホが振動する。

確認すると、聖良からメッセが届いていて。

『着いた、人多い』

そのメッセを確認した途端、大和はバッと立ち上がった。

そばに座っていた椿は驚きつつも尋ねてくる。

「聖良先輩、着いたんですか？」

「ああ。迎えに行ってくる」

「なら、わたしも行っていいですか？　……一人の方が動きやすいとは思いますが」

「うん、一緒に行こう」

「はい！」

大和が差し出した手を、椿はすぐさま摑《つか》んで立ち上がる。

ひとまず瑛太に断りを入れてから、大和と椿は駅の方へと向かった。

◇

続々と打ち上がる花火を視界の隅に映しながら、ひたすらに歩く。

行きよりも帰りの方がペースが速かったため、大和たちは十五分ほどで駅前に着いた。

しかし、いくら辺りを見回しても聖良の姿はない。

スマホを確認したものの、あれからメッセも来ていない。

駅へ向かう前に『迎えに行くから駅前で待っててくれ』とメッセを送ったはずだが、確認していないのだろうか。

ひとまず、『今どこにいる？』とメッセを送ると、すぐに聖良から『橋のとこ』と返信があった。

「なっ……待っててくれって言ったのに」

頭を抱えてため息をつく大和。

椿は苦笑しつつも、Tシャツの裾を引いてくる。

「行きましょう。急げば追いつけるはずです」

「だな。とりあえず、その場から動かないように伝えておく」

そうして、二人は橋の方へと向かうことに。

やはり向こう岸方面は混み合っているようで、なかなか列が進まない。それに立ち見客なども大勢集まっているせいで、ごった返していた。

急《せ》く気持ちが自然と歩調を速めていき、人々の隙間を縫うように進む。

方向音痴の聖良のことだから、きっと迷子になっているだろう。橋のところにいると言っていたが、そもそもこの大橋なのかも定《さだ》かではない。

「大和先輩っ」

呼ばれて気づいたが、後方の椿とだいぶ距離ができていた。

あちらは浴衣《ゆかた》姿で下駄《げた》を履いている女子だ。こちらが気遣わない限り、遅れるのも無理はないだろう。

大和はなんとか人の群れをかき分けて戻り、椿の手を取って引っ張る。

「ごめん、香坂さん。勝手に先走っちゃって」

「いえ、わたしの方こそ遅れてすみません」

そこで気づいたが、椿の下駄の鼻緒に血が付いていた。慣れない下駄で歩き続けたことで、鼻緒擦れを起こしたのだろう。

「その、本当にごめん。焦《あせ》ってもいいことはないし、これからはゆっくり歩くよ」

「あ、はい。そうしていただけると、わたしも助かります……」

椿は頬をほんのりと朱に染めながら、視線を落とす。

つられて視線を下げると、未《いま》だに彼女の手を握ったままで。

「わっ、ごめん！　つい……」

咄嗟《とっさ》に手を離したものの、椿が握り返してくる。

「いえ。よければはぐれないよう、続けてください」

「わ、わかりました……」

なぜだか大和まで敬語になってしまい、椿にくすくすと笑われてしまった。

それからは二人で歩調を合わせて、ゆっくりと進む。

「なんだか、これから聖良先輩に会うのだと思うと、緊張してきました」

「俺も……——じゃなくて！　えっと、大丈夫だよ。白瀬ならきっと、ちゃんと聞いてくれるって」

「だといいんですが」

椿の緊張をほぐそうと思い、大和は何か話題を振ろうと考える。

「そういえば、香坂さんはバイトとか――いや、なんでもない」

バイトに興味があるかと尋ねようとしたところで、大和は失敗だったと思い直す。

椿はバイトに批判的だったのだから、当然興味もあるはずがない。第一、バレエをやっている彼女にそんな時間はないだろう。

ところが、

「バイトがどうしたんですか。べつに、怒らないので言ってください」

優しい声色で言われたので、大和はおそるおそる口にする。

「そ、そうか？　えっと、香坂さんもバイトに興味があるかなと思って。俺もあと何回かはこの夏休み中に働こうと思ってるから、一緒にどうかと誘おうとしたんだけど……やらないよな。バレエをやっていたらそんな暇はないだろうし」

「そうですね、お気持ちは嬉《うれ》しいですけど。それって聖良先輩も参加するんですか？」

「わかんないな。誘ってはみるつもりだけど」

「そうですか」

「これも怒らないんだな？」

「ええ。わたしがバイトに批判的だったのは、聖良先輩のバレエ復帰の妨げになると思っていたからですし」

「でも、白瀬家の面子《メンツ》的なことも気にしていたんじゃないのか？」

「それはもちろん無関係ではありませんが、あくまでわたしは自分都合でしか動いていないので。正直、このスランプから抜け出せるのなら、なんでもいいです」

　その言葉はあっさりとしていたが、間違いなく彼女の本音であった。

　それゆえに、大和は驚いていた。

「香坂さんって、実はものすごくバレエが好きなんだな」

「……どうなんでしょうね。聖良先輩への対抗心から続けているようなものですし。それも今となってはわからなくなってしまいました」

　困ったように俯《うつむ》いた椿を見て、大和はまたもや失敗したと後悔する。

　気を紛らわせるつもりが、自分が気になるからといって本筋の話を始めてしまったのだから、ひたすら申し訳なく思った。

「ですが」

　どうフォローするべきかと悩む大和に向かって、椿は笑みを浮かべて言う。

「それもこれも全部、聖良先輩に話せば、何かしら変わると思うので。今はただ、あの完壁で憎たらしい先輩に全てを受け止めてもらうだけです」

この子は強いな、と。

大和はそう思いつつ、力強く頷《うなず》いてみせた。


「あれ、聖良先輩じゃありませんか？」

それからしばらくして、椿が遠くを指差して言う。

その方向へ視線を向けると、人混みの中でも一目でわかる美人の姿があった。

あれは間違いない、聖良である。

髪をアップにまとめ、白地に紫陽花《あじさい》柄の着物を淑《しと》やかに着こなすその姿は優雅で、可憐《かれん》で、まさしく和風美人といえる華やかさがあった。

その姿を遠目に眺めているだけで、大和は息をするのも忘れそうになる。

彼女の横顔から目が離せない。

その憂うような表情を崩したくないとさえ思ってしまう。

それくらいに、綺麗だった。

「大和先輩？」

そのとき、隣に立っていた椿から声をかけられて我に返る。

本当に呼吸をすることを忘れていたらしく、慌てて深呼吸をする。

「……ふぅ。悪い、ボーッとしてた」

「そうですか。せっかくですから、大和先輩から声をかけてあげてください」

繋《つな》いでいた手を椿が離して、真顔で頷きかけてくる。

「ああ、わかった」

そのまま大和は聖良の方へと足を踏み出して、

「白瀬！」

大声で叫ぶと、聖良がちらと視線を向けてきた。

その姿はやはり色っぽく、心臓がきゅっと縮こまるのを感じる。

目が合うなり、聖良はすぐさま無邪気な笑みを浮かべた。

カランカランと下駄を鳴らしながら、聖良の方も覚束《おぼつか》ない足取りでこちらに駆け寄ってきて、

「わっ」

「おっと」

前に転びかけた聖良の身体《からだ》を、大和は支えるようにして受け止めた。

その刹那、えも言われぬ甘い香りがして、大和の胸は激しく高鳴る。

そして聖良が顔を上げたことで、互いの視線が交差した。

――ドォンッ！

その瞬間、花火が夜空を照らし、聖良の瞳が鮮やかに煌《きら》めく。

色とりどりに輝く宝石のような瞳を見つめていると、吸い込まれそうな感覚に陥る。

間近で見る浴衣姿の聖良は儚《はかな》げで、美しく、そして艶《なま》めかしい。気を抜くと思わず抱きしめてしまいそうになるほど、魅力的に思えてならない。

だが、それでも大和は理性を奮い立たせて、なんとか身体を離す。

「だ、大丈夫か？」

「うん、大和が受け止めてくれたから」

「気を付けろよな……ったく、待ってろって言ったのに駅にはいないしさ」

「ごめんね、驚かせたくて」

聖良にふっと微笑《ほほえ》まれるだけで、今まで感じていた苛立《いらだ》ちや焦燥感が嘘《うそ》みたいに取り払われる。

「……確かに、驚いたよ。浴衣姿、すごく綺麗《きれい》だ」

「ありがと。それなら、作戦成功だね。――行こっか」

聖良は嬉しそうに言ってから、大和の手を引いてくる。

しかし、大和はその手を引き留めて言う。

「待ってくれ、香坂さんもいるんだ」

「え？　あっ、椿」

振り返った聖良は、遠くの方で佇《たたず》む椿の存在にようやく気づいたようだ。

すると、聖良は大和の手を引いたまま、カランカランと下駄を鳴らして駆け寄ると、そのまま椿の手も握る。

「よし、これで問題なし」

「えっと……？」

「なにがだよ」

困惑する二人に対し、聖良はけろっとした顔で言う。

「これなら、はぐれないで済むでしょ？　――いたっ」

つい反射的に、大和は聖良にデコピンをお見舞いしていた。

これは以前、聖良の姉――礼香《れいか》がやっていたお仕置きの真似《まね》である。こんなことで聖良が反省するとは思わないが、こちらの気晴らしには十分な効果を発揮することがわかった。

「迷子になるとしたら白瀬の方だろ。だいたい、今日はなんで遅刻したんだよ？」

「浴衣がなかなか決まらなくて。しっくりくるまで、家で試着しまくってたから」

「なるほど……」

思ったよりも女の子らしい理由だったので、大和はこれ以上の追及ができなくなってしまう。そういうことなら、連絡があまり返ってこなかったのも納得がいく。

てっきりただの二度寝からの寝坊だと思っていたことは、口にしない方がいいだろう。

「………」

いざ相手を前にしたからだろうか。椿は緊張した面持ちで口数が少ないままである。

そのため、大和はフォローをしようと思い、頭を働かせる。

「なあ、白瀬。腹は減ってないか？」

「うん、お腹《なか》ペコペコ」

「それなら屋台でいろいろ買おう。橋を渡った先に美味《おい》しいお店があるんだ」

「へー、楽しみー」

「大和先輩？」

椿が不思議そうに小首を傾《かし》げている。

食べ物ならば、瑛太たちの待つ観覧スポットに十分揃《そろ》っているからだ。

すかさず大和はスマホをいじり、椿に対して『どこか人が少ないところに移動して、そこで話そう』とメッセを送った。

先に事を済ませてからの方が、皆との花火を楽しめるだろうと考えてのことである。

スマホを確認した椿は、緊張した様子のまま頷いてみせた。


場所を移して、川沿いのベンチにて。

ここはちょうど建物が障害物となって花火が見えないことから、ひと気がほとんどなく、休憩スポットとしてはうってつけの場所であった。

もう少し時間がかかることは瑛太にメッセで伝えておいたので、そちらも問題はない。

途中の出店でたこ焼きやりんご飴《あめ》、綿あめに焼きとうもろこしなど一通りの食べ物を購入した聖良は、ベンチに座って満足そうに舌鼓《したつづみ》を打っていた。

そこから少し距離を取って、大和は椿に声をかける。

「俺は席を外した方がいいか？」

ふるふると、椿は首を左右に振る。

「できれば同席してください。……その、お見苦しいところを見せると思いますが、不安なので」

「わかった」

そんな風にひそひそと作戦会議をする二人のことを、聖良は遠目にぼーっと眺めている。

その視線に気づいた椿は、咳払《せきばら》いをしてから聖良の前に立った。

「聖良先輩、実は話したいことがあるんです」

真面目なトーンで椿が言うと、聖良は口に含んでいたものを飲み込んだ。

「うん？」

「その、えっと……──実はわたし、先輩のことを敵だと思っていました！」

大声で叫ぶようにして、椿はその思いを告げた。

いきなり直球かつ抽象的ではあるものの、伝えたいこととしては間違っていないはずである。

その言葉を受けた聖良は、うーんと小首を傾げて、

「つまり、今から殴り合いの喧嘩《けんか》をしたいってこと？」

「えっ、いえ違います！　そういうことじゃなくて！」

「うん？」

「だから、えっと、わたしはバレリーナとして、聖良先輩のことを一方的にライバルだと思い続けてきたというか……」

出鼻を挫《くじ》かれたからか、しどろもどろになる椿。

そんな椿に対して、聖良はふっと微笑んでみせる。

「そうなんだ」

「そうなんだって……わたしの気持ち、ちゃんと伝わってます？」

「うん、伝わってるよ。それで？」

「あ、はい、それで――」

それから椿は大和に話したように、以前からどういう風に聖良を見てきたかを語り出した。

その話を聖良は淡々と相槌《あいづち》を打ちながら聞いている。

（白瀬って、実は聞き上手なんだよな。俺も最初、不登校の話を聞いてもらったっけ）

あくまで外野として距離を取っている大和は、二人の様子を眺めながら懐《なつ》かしい思い出を呼び起こしていた。

「――だからわたしは、昔みたいに完璧な先輩に戻ってほしいんです！　その上で、わたしはあなたに勝ちたい」

「そっか」

一通り話し終えた椿に対して、聖良は素っ気ない言葉を返した。

拍子抜けする椿を見て、聖良は再び微笑んで続ける。

「でも悪いけど、もうバレエはやらない。それに、他のことも。――私がそれを、またやりたいって思わない限りはね」

「どうしてですか？　あんなに綺麗で、完璧で、周りからも認められているのに！　もったいないとは思わないんですか⁉」

情緒不安定になりながら、椿は感情のままに問い質《ただ》す。

対する聖良は、微笑みを絶やさずに答える。

「思わないよ。私は、自分が納得できればそれで十分だから」

「そんなの、もったいなさすぎます……。それにわたしだって、自分が納得できればいいと思ってますよ……」

「あー、あと、最近は大和が喜んでくれることもしたいなって、そう思うようになったよ。なんか、そうすると自分も満足できるんだよね」

聖良はへらっと無邪気に笑うと、大和の方を見つめてくる。

恥ずかしげもなくそんなことを言うものだから、大和の方が赤面してしまい、自然と視線を逸《そ》らしていた。

「……先輩は、大和先輩のことが好きなんですか？」

一瞬だけ躊躇《ためら》ってから、椿はその問いを口にした。

その躊躇いはきっと、大和に対して申し訳なく思ってのことだろう。

予想外の問いかけが椿から出たことで、大和は固まってしまう。

だが、聖良ならきっと、こんな問いにもあっけらかんと答えるはずで――

「その質問には答えない。そういうのって、最初は本人に言うべきことだと思うし」

これまた予想外の返答に、椿と、そして大和も動揺する。

てっきり、『普通だよ』だとか、『うん、好きだよ（人として）』的な答えが返ってくると踏んでいたのだが、これではその意味をきちんと理解しているようではないか。

以前、大和が聖良に対して恋愛関係の質問をしたときには、よくわからないと言っていた。

けれど、今はわかっているということなのか。大和は考えれば考えるほど、頭の中が混乱していく。

「――なあ」

だというのに、大和の口は自然と動いていた。

傍観者のはずなのに、外野のはずなのに、答えを求めて尋ねていた。

そのまま続きを口にする。

「それって、俺には言えるってことか？」

自分の声が震えているのがわかる。

こんなことを、こんな形で知りたいわけじゃない。

それでも衝動を抑えられなかったのだ。

聖良はゆっくり立ち上がると、そのままカランカランと下駄《げた》を鳴らしてこちらへ向かってくる。

つい大和は後退《あとずさ》りしそうになったが、それでも足に力を込めて立ち続けた。

目の前まで聖良が来たところで、見つめ合う形に。

今ならまだ間に合う、やめさせるなら今だ――と、そんな考えが大和の脳裏をよぎるが、そうするよりも早く聖良が口を開いた。

「ごめん」

「えっ」

その言葉を聞いたとき、一瞬にして思考がフリーズする。

視界がぐらっと揺れて、力を込めて立っているはずの足元がおぼつかなくなる。

だからやめておけばよかったのに。――そんな後悔にも似た思いだけが、頭の中にぽつんと浮かび上がった。

だが、時間は容赦なく進み続ける。

目の前の聖良はへらっと笑って、

「やっぱりまだよくわかんなくて、恋愛とか」

「…………へ？」

素っ頓狂な声が大和の口からこぼれたが、聖良は構わずに続ける。

「前にも大和には話したと思うけど、そういうのって今もピンとこないんだよね」

「え、あ、おう」

大和の脳はまだちゃんと働いていないが、先ほどの『ごめん』は好きではないという意味ではないことだけは理解した。

それだけで、大和は心底ホッとしていた。

ホッとしていたのだ。

「でも、漫画とか映画でよくある『ずっと今みたいな時間が続けばいいのに～』とか、そういう風には思ってるよ。だから大和のこと、大事に思ってるのは間違いないはず」

「はは、なるほどな。それは素直に嬉《うれ》しいよ、ありがとう。俺だって白瀬と一緒にいられて楽しいし、こんな時間がずっと続けばいいのにって思っているぞ」

「うん、知ってる」

お互いに笑顔で言う。これまた、大和は心底ホッとしていた。

頭はまだ正常に働いていない気がするが、大和は純粋に嬉しかった。聖良とこうして互いへの気持ちを語る機会はあまりないので、少し気恥ずかしくもあったが。

「……不潔です」

そこで椿が口を挟んできた。

何やら様子がおかしい。足をガクガク震わせて、顔を真っ赤に染めている。明らかに動揺しているのが一目でわかる。

「こ、香坂さん？」

大和が名前を呼ぶと、椿はキッと睨《にら》みつけてきて、

「こんなのもうっ……――いえ、これはわたしが口を出すべきことじゃないのでしょう」

椿はゆっくりと深呼吸をした後、顔色も落ち着いた状態で聖良に向き直る。

「ですが、おかげでわかりました」

「うん？」

「――完璧だと思っていた聖良先輩にも、苦手なものがあると」

しーん、と。

辺りが静まり返った。

というのも、大和からすれば、聖良はとっくに完璧ではないからだ。

方向音痴だったり、サボり癖があったり、夜間外出など非常識なところが多々あったり

……まさに今さらなのである。

そして聖良本人はといえば、きょとんとしていた。心当たりがないといった様子である。

変な空気になったところで、椿はごほんと咳払いをする。

「まさか聖良先輩が、こと恋愛感情について疎《うと》いとは。その分野であれば、わたしに分がありそうです」

「へー、椿は恋愛したことあるんだ？」

聖良が平然と尋ねると、椿はもごもごしながら答える。

「……いえ、お付き合いなどはまだですが」

「じゃあ一緒じゃん」

「一緒にしないでください。わたしは先輩と違って、自分が恋をしているかどうかぐらいはわかりますので」

椿は照れくさそうにもじもじとしながら、それでも優位であることを主張し続ける。

しかし、今の話だと椿は恋をしたことがあるということで――

「香坂さんって、意外と進んでいたんだな……」

思わず大和が感心して言うと、椿は再び顔を真っ赤にして俯《うつむ》きながら返答する。

「そ、そそ、それを言ったら、大和先輩だって思うところがあるんじゃないですか？」

そんな問いかけをされて、大和は再び鼓動が速くなるのを感じながらも答える。

「それはまあ……俺だっていろいろと考えるけどさ、慎重になることは悪いことじゃないだろ」

「そうですね、ある程度であれば」

心なしか椿の言葉には棘《とげ》があったが、大和は気にしないことにした。

聖良への思い。

先ほど本人に語ったように、大切に思っているのは確かだ。

けれど、その気持ちに名前を付けるには、いろいろと不足している気がした。

何よりも、先ほど疑似的ではあったが、『振られる』体験をしたようなものだ。あのとき味わった後悔や喪失感は、大和を慎重にさせるには十分すぎるほどの破壊力があった。

それに、自分一人が先走ってもろくなことにはならないという、予感めいた思いもあった。

「――とにかく」

場を仕切り直すように、椿は顔を上げて続ける。

「もうわたしは大丈夫です。失礼だとは思いますが、聖良先輩のことを過大評価していたことがわかったので。――これにて、天才バレリーナ・香坂椿は復活です！」

ドヤ顔で宣言した椿を前にして、大和は微笑《ほほえ》ましく思いながらも聖良に言う。

「だとさ。結構ボロクソに言われてるけど、いいのか？　今ならデコピンの一発や二発お見舞いしても、罰は当たらないと思うぞ」

「いいよ、椿が復活したならそれで。椿の笑顔は可愛《かわい》いから、見てて和むし」

「ほんとに白瀬は、よくそんな恥ずかしいことを平気で言えるよな……。あっちはもう十分な致命傷みたいだし、今のが仕返しなら本物の悪魔だぞ」

その言葉通り、先ほどまでドヤ顔をしていた椿は今や悶絶《もんぜつ》している始末。

それすら気にしていないらしい聖良は、残りの食べ物を抱える。

「これで用は済んだ？」

尋ねられた椿は、再び真剣な顔つきになって言う。

「最後に一つだけ。――バレエをやっていた頃の聖良先輩は、わたしのことをどう思っていましたか？　たとえば、友達とか……」

後半の方は自信のなさの表れか、消え入るような声になっていた。

聖良はほんの僅かに考え込んだ後、

「椿は、友達っていうのとは違うかな」

「そう、ですか……」

ここまで泣かずに頑張ってきたというのに、今の一言で、椿は目じりに涙を滲《にじ》ませる。

おそらく、ほんの少しの可能性だとしても、聖良から友達だと思ってもらえていることを期待していたのだろう。

今のように本人から尋ねられても以前と同じ答えを口にする辺り、聖良の正直さは全く揺るがないようだ。

そう思ったのだが、

「だって」

聖良は真顔になって告げる。

「あのときは、椿のことをライバルだと思ってたから」

ゾクッ、と。

その冷めた目つきに、漂わせる闘志に、全身が総毛立つ。

それは大和だけでなく、椿も同じだったようで、ぶるっと身体《からだ》を震わせた。

ほんの一瞬だけ見せたその闘争心を感じさせる顔つきは、すぐさまいつもの無表情となる。

「だから、やっぱり友達じゃなかったよ、私と椿は」

「は、はい」

緊張感が抜けないのか、固まったままの椿。

一転して、聖良の方は柔らかい笑顔になる。

「けど、もうバレエはやめたし、これからは椿と友達になりたいって思ってるよ。だから仲良くしてほしいな、ね？」

聖良の言葉を受けて、椿は顔を真っ赤にしながら、こくんこくんと頷《うなず》いてみせる。

「よかった。椿がまだ私のことをライバル視しているみたいだったから、どうすればいいのかわかんなかったんだよね」

「……先輩は、ずるいです。まったく、もう……」

そう言って椿は駆け出したかと思えば、そのまま聖良の胸に飛び込んだ。

それを受け止めた聖良は、よしよしと頭を撫《な》でる。

「じゃあ、これからは友達だね」

「はいっ！　大好きです、聖良先輩！」

（もしかして、香坂さんの恋ってそういう……）

その光景を見ていた大和は、そんなことを思いながら口には出すまいとしていた。

「これで一件落着、だな」

いつまでもここに留《とど》まっているわけにもいかないので、大和は二人に声をかける。

「はい、お付き合いさせてすみませんでした」

「環《たまき》さんたちが待ってるんだっけ？」

「ああ。花火も残り少ないだろうし、早く戻ろう」

「はい！」「おー」

そうして三人がクラスメイトたちのところに戻ると、思ったよりも騒がしい状況になっていた。

女子は恋愛話を、男子はごった煮の話題で持ち切りらしく、すでに花火を見ているというよりは談笑会となっていた。

「悪い、待たせたな」

「こんばんは」

「わー、聖女さん来たぁ〜っ！」

妙にハイテンションな芽衣が声を上げる。他の女子たちは皆、三人を見比べて嫌な笑みを浮かべている。

「遅いぞ、モテ男。おかげで買い出しはオレ一人で行かされたんだからな」

恨み言をぶつけてくる瑛太。なぜか他の男子も一緒になって睨みつけてくる。

「悪かったって。次は俺が行ってくるよ」

「いいや、それじゃダメだ」

そう言って、瑛太は携帯ゲーム機を取り出す。

「この恨み、晴らさずしてどうするか！　バトルしろ！」

「「「「やれーっ、やっちまえーっ！」」」」

（こいつら、花火大会に来てまでゲームをやってたのか……）

そのまま男子の間で対戦ゲーム（カーレース系）のトーナメントが始まり、途中からは女子まで加わって白熱した。

結果、優勝したのは聖良であり、瑛太は「こんなの聞いてねぇ……」と半泣きになっていた。

——ヒュゥ〜〜……ドォンッ！

そうして、最後の花火が打ち上がり。

「た〜まやぁ〜〜〜っ！」

調子外れな瑛太の大声が響き渡り、周囲からはどっと笑いが巻き起こったところで、花火大会は終了となった。

# 八話　ロンリーファイア・スパークラー

帰り道は予想通り――否、予想以上に大変な混み具合となり、全員が精神力を削られながらも駅へと向かった。

なんとか会場の最寄り駅に到着してからは、満員状態の電車に乗ることに。

途中で椿《つばき》が降り、徐々に乗客も減っていった。

学校の最寄り駅に着いたところで、瑛太《えいた》や芽衣《めい》など他のクラスメイトたちとも別れて、大和《やまと》と聖良《せいら》は二人きりになった。

「はぁ、地獄だったな……」

満員電車の中では女子を守る男らしさを見せた大和だったが、緊張の糸が切れたせいで、すっかりへばっていた。

「めちゃくちゃ暑かったしね。空調効いてないのかと思った」

「その割には平気そうだな」

「うん。というか、まだ物足りない気分」

隣を歩く聖良は、手に持った巾着をぶるんぶるんと回してみせる。

「それ、本気で言ってるのか……？　というか、危ないから巾着を回すのはやめなさい」

「当然。だって私、そもそも着いたのが遅かったし」

平然と言ってみせる聖良のその可愛らしいおでこにもう一度デコピンをお見舞いしたくなったが、万が一にでも傷が付いてしまったら一生後悔しそうなので、大和は自らの衝動をぐっと抑えた。

「なら、手持ち花火でもやるか？　なんてな」

「お、それいいね。やろうよ」

先ほど立派な打ち上げ花火を見た後なので、冗談のつもりで言ったのだが、聖良は本気にしたらしい。目がきらきらと輝いている。

「マジか……」

「マジマジ〜。――ほら、あそこにコンビニあるよ。寄ってこ」

仕方がないのでコンビニに寄ると、聖良は花火セットを三つも買おうとする。

「待て、さすがに一セットにしておけ。まあ、他の人たちも呼ぶなら話は別だけど」

「じゃあ一個で我慢する」

「よろしい。俺が買ってくるよ」

「割り勘ね」

「はいはい」

花火のついでに瓶入りのラムネも一本ずつ買って、店を後にする。

時間帯がそれなりに遅いからか、近くの公園にひと気はなかった。

花火セットに付属していた消火用コップに水を入れてから、大和は買ったマッチを使って、まずは聖良の手持ち花火に火を点《つ》ける。

シュバーッと、勢いよく色付きの火が放射され、

「あはは、キレー！」

その明かりに照らされながら、聖良が無邪気に笑う。

浴衣《ゆかた》の聖良と花火の組み合わせは最高だなと、大和は改めて見惚《みと》れていた。

「ほら、大和にもおすそ分け」

聖良はそう言って自身の手持ち花火の火を向けて、大和の手持ち花火に点火する。

「おすそ分けって、元々は俺が点けた火だけどな」

「細かいなー、もう」

「けど確かに、綺麗《きれい》だ」

これはこれで悪くない。打ち上げ花火と比べると小規模ではあるが、それでも手元にあ

るぶん迫力はある。

「よし、次は二刀流にしよ。大和、よろしく」

聖良はまるで小学生のようにはしゃぎながら、両手に花火を持って点火をせがむ。

「はいはい」

言われた通りに火を点けてやると、聖良は先ほどの巾着のように振り回し始めた。

「危なっ⁉　……ったく、高校生のやることじゃないだろ」

「そうなんだ？　でも面白いよ」

「まあ、面白そうではあるけど……」

「じゃあ四本持って」

「なにが『じゃあ』なんだよ⁉」

結局四本持たされて、聖良の手持ち花火で点火する。

――シュババーッ！

すると、大和が両手に二本ずつ持っていた花火が一斉に火を噴き、視界は一瞬にしてカラフルな光に照らされた。

「お、おお、おおおお、おぉ～～っ」

立ち込めた煙や火薬の匂いのせいもあってか、妙な高揚感とともに、大和はふらふらしながら花火を振り回す。

「あはははは っ！」

それを見て聖良は大笑いしている。

傍《はた》から見れば、きっとカオスな光景である。通報されてもおかしくないだろう。

──シュボッ……。

消える時は呆気《あっけ》なく、二人は同時に口を閉ざす。

「なんか、一気に虚《むな》しくなったぞ」

「よし、打ち上げるヤツをやろう」

「さすがに近所迷惑じゃないか？」

「一回だけならいいでしょ？」

「いや、そもそも一個しか入ってないだろうが……」

あれこれ言っているうちに、聖良は打ち上げ花火をセットする。

仕方がないので、大和が点火を申し出た。今さらだが、火の粉で着物に穴を開けるわけにはいかないからだ。

「いくぞ」

おっかなびっくり大和が火を点ける。

――ヒュー、パンッ。

それはあまりにも、味気ないもので……。

「よし、次いこ」

「せめて感想を言ってくれ……」

その後もねずみ花火や蛇玉など、思いのほか種類豊富に入っていた花火を楽しんでいき、気づけば残るは線香花火のみとなっていた。

「これ、あんまり好きじゃないんだよね」

線香花火を手にしながら、聖良は退屈そうに言う。

「そうなのか？　俺は好きだぞ。これこそ夏の風物詩というか、見ているだけで妙に落ち着くんだよな」

「へー、なんか興味出てきた」

聖良も興味を示してくれたので、大和は乗り気になって、手にした線香花火に火を点けていく。

小さな火が灯《とも》り、すぐにパチパチと音を鳴らして弾《はじ》けるように火花を散らす。

並んで屈《かが》みながらその哀愁漂う光景を眺めて、大和は今日一日の出来事に思いを馳《は》せ

「あ」

　馳せようとしたところで、聖良が情けない声を上げた。

　どうやらもう火が落ちたようだ。

「俺の勝ちだな」

　なんの気なしにそう言うと、聖良がムッとしてみせる。

「いや、勝負するなんて言ってなかったからノーカンでしょ。やるならこれから」

「まあ、いいけどさ」

「ねぇ、なにかコツとかないの？」

　聖良からコツを聞かれる機会はそうないので、大和は得意げに語る。

「そうだなぁ、まずは何かに思いを馳せるとかして、気持ちを落ち着けるのがいい。話をするのもいいかもしれない。とにかく、手元が揺れないように精神を集中させることが大事なんだ。特に――」

「話ね。じゃあなんか話そ」

「最後まで聞けよ……」

　すでに大和の方が精神を乱されながらも、線香花火に点火する。

　すると、聖良はさっそく話し始めた。

「むかーしむかし――」

「そうじゃないだろ⁉　――あ」

勢いよくツッコミを入れたことで、大和の火が落ちてしまった。

「ほんとだ、大和の言う通りだね。ちゃんと勝てた」

「だから、そうじゃないだろ……」

愉快そうに微笑《ほほえ》む聖良が可愛《かわい》かったので、ツッコミの勢いも失《う》せてしまった。

「じゃあ、今度は大和が話してよ」

次に火を点けると、今度はこちらに話を振ってきた。

「うーん。なら話というか、質問をしてもいいか？」

「ん？　いいけど」

視線は手元の線香花火に向けたまま、大和は気になっていたことを尋ねてみる。

「香坂《こうさか》さんのこと、ライバルだと思っていたんだな。でも当時、香坂さんは白瀬《しらせ》に話しかけても素っ気ない態度を取られたって言ってたけど、それはどうしてだったんだ？」

んー、と聖良も視線は花火から離さずに考え込む。

「べつに、ライバルと馴《な》れ合う必要はないと思っていたからかな。まあ、椿以外はだいたい初回以降競ってこなくなったから、ちょっとムキになってたっていうのもあるかも」

「そうなのか。やっぱり白瀬は圧倒的だったんだな」

「まあね。それが求められていたし」

聖良の声のトーンは、心なしか下がっている。

本当は話したくないことだったのかもしれないと思い、大和は反省した。

「悪い、気になったからって気軽に聞いていいことじゃないよな」

「ううん。私も、大和のおかげで椿と仲良くなれたから」

「俺のおかげって？」

思わず視線を向けると、花火に照らされた聖良の横顔が目に入ってきて――

「あ」

動揺した大和の火は、地面に落ちてしまった。

「私の勝ち越しだね」

笑顔で言いながら、それでも聖良は花火から視線を逸《そ》らさない。

それをいいことに、大和は「ああ……」と相槌《あいづち》を打ちながら、好きなだけその横顔を見続けていた。

ぽたり、と。

それからすぐに聖良の火も地面に落ちて、辺りは一瞬にして暗くなる。

「あーあ、落ちちゃった。もうちょっと持つかと思ったのに、大和がずっと見てるから」

「お、俺のせいかよ」

見つめていたのがバレていたらしく、大和は恥ずかしさを隠すので精一杯だった。

すると今度は、聖良がちらと視線を向けてくる。

「大和はさ、椿のことを気にしてくれていたでしょ。いつも私との関係を取り持とうとしてるっていうか。ときどき二人でコソコソ話してたし」

「それも気づいてたのか」

「それも、って？」

「いや、こっちの話だ」

再び二人分の線香花火に点火して、聖良の集中をそちらへ向ける。

聖良は視線を花火に戻して、なおも話を続ける。

「私さ、習い事をしている最中は負けちゃいけないって思ってたんだ。でもそれって、突き詰めれば自分がベストなパフォーマンスを発揮するって話でしょ？　だから、他の人なんて気にしてなかったんだ」

習い事では負けちゃいけないという思い、そこまではわかる。多かれ少なかれ、誰しもが胸に抱く競争心だからだ。

けれど、それゆえに周囲を気にせず、自分だけに向き合う――その境地に至る者が、果たしてどれだけいるだろうか。

聖良はこれをさも当然のように語っているが、それはつまり、自分の能力を出し切れば誰も寄せ付けないことを理解しているということだ。それが無意識か意識的かはわからないが、彼女はやはり天才なのだと実感せずにはいられない。

そんな存在が自分の周りにいる、そのプレッシャーは計り知れないだろう。ほとんどの者が初回で競って以降、聖良と争う気持ちを失《な》くすというのも頷《うなず》ける話だ。

こういうときに、大和の場合はその他者の方に感情移入してしまう。聖良側――天才の心情については、理解はできても共感はできないからだ。

けれど、今は聖良の話を聞くべきときである。大和は困惑する気持ちを必死に押し止《とど》めて、話の続きに耳を傾ける。

「そうやって、私は私と向き合ってた。あの頃はずっとそう。楽しいと思うことなんてほとんどなかったし、練習は好きじゃなかった」

「…………」

聖良が楽しいと思わないことに向き合う。それは、今の聖良としか接していない大和にとっては想像しづらいものだ。

遠い過去を懐《なつ》かしむように、そして憂うように聖良は続ける。

「少し報われるといえば、大会で一番になったとき。自分に打ち勝ったって実感できたし、あとでおじいちゃんに報告すると褒めてもらえたから」

「辛《つら》いときは息抜きに、あの遊園地に通っていたくらいだもんな」

「そ。だから、やっぱり他人なんて関係なかった。——けど、椿はいつだって私と一緒で、私に挑んでた」

その言葉は紛《まご》うことなく、椿をライバルとして認めている証《あかし》であった。

聖良は苛立《いらだ》ちにも似た表情を浮かべて、口元を微《かす》かに歪《ゆが》ませる。

「椿のことはめんどくさい子だなって思ってたし、バレエ一本に絞ってきたときには意識したよ。この子は、バレエなら私に勝てると思っているのかなって」

「白瀬でも、そんな風に誰かを意識することがあるんだな」

自分の口からそんな言葉が出て、大和は意外に思っていた。

もしかすると嫉妬しているのかもしれないなと思いつつ、気持ちを落ち着けるために、花火に意識を向ける。

だがそこで、二人の線香花火は同時に落ちた。

それに構わず、聖良は口を開く。

「周りが私をどう思っているのかなんて知らないけど、私自身はいつもいっぱいいっぱいだったからね」

「誰かを頼ろうとは思わなかったのか？　おじいさん以外に、周りの誰かを」

「うん。少なくとも、パフォーマンスに対してプラスに働くことはないと思ってたから」

「どこまでストイックなんだよ」

そして不器用だ。

全然、完璧なんかじゃない。

クオリティを突き詰めることを最優先にした結果、自身の心のケアが疎《おろそ》かになっているのだから。

「そんなだから、爆発しちゃったんだよね。今ならわかるよ」

自嘲するように笑いながら聖良は語る。

おそらく聖良にとってはそれほど遠くない過去――父親と決別したときのことを言っているのだろう。きっかけは、祖父の遊園地が無くなることだったはずだ。

「まあでも、それがわかるようになっただけ、成長したんじゃないか。――なんてな」

上から目線でそんなことを言ってから、大和は再び花火に火を灯す。

「ふふ、そうだね。それも大和のおかげかも」

「やめろよ、照れるだろ。上から目線で言ったのは悪かったから、許してくれ」

「あはは」

パチパチと健気《けなげ》に燃える線香花火を、笑顔の聖良と見ていられる。

そんなひとときを心地よく思いながら、一通りの話を聞き終えた大和は思ったことを口にする。

「でも、そういうことなら白瀬と香坂さんは、もうとっくに友達だったんじゃないかと思うよ」

「どういうこと？」

「俺の知ってるライバルっていうものは、友達と同義だからな。まあ俺にライバルがいたことはないから、ただの漫画の受け売りなんだけど」

「へー、そうなんだ」

いまいちピンときていない様子の聖良。

それでも互いを意識して競い、技能や人間性を高め合う関係は、『友達』と定義するのに十分だと思うのだ。

ゆえに、大和は少しふてくされながらも続ける。

「要するに俺は、白瀬のおじいさんの言う通り、白瀬の初めての友達ってわけじゃなかったんだよな」

ははっ、と自嘲気味に笑ってみせると、聖良はニヤリと不敵な笑みを浮かべた。

「妬《や》いてるんだ。可愛いね」

聖良がからかうように言って、つんつんと頬をつついてくる。

「人の傷口に塩を塗るなんて、やっぱり白瀬はドSだな。……ちくしょう、何が『そういうので括《くく》れる性格じゃない』、だ。ドヤ顔で新庄《しんじょう》にそう語った四月の俺を殴りたい気分だよ」

そこまで言ったところで驚いた。聖良が『新庄って誰？』という顔をしていたのだ。

それからすぐに聖良は、『まあいいや』と切り替えた様子で言う。

「でもやっぱり、大和と椿は違う気がする。二人が同じ友達っていうのも、ピンとこないし」

「まあ、香坂さんのことは友達だと自覚できていなかったわけだし、俺の方が単純に遊んでいる時間は長いんだ。……そりゃあ、俺の方が『親友』でもおかしくないだろ」

自分で『親友』と口にするのは気恥ずかしかったが、同列に扱われるのではなく、特別に思ってもらいたいという気持ちが勝《まさ》ったのだ。椿には悪い気もしたが、こればかりは仕方がない。

けれど、聖良はそれでもピンときていない様子で。

「そうなのかな？　よくわかんないけど、なんか違う気がする」

なんとなく否定をされて、大和は意気消沈しながらも半ば投げやりになって答える。

「うっ……そうか。なら単純に、男女で性別が違うからじゃないか？」

「あー、それかも。大和は抱きついてこないもんね」

「当たり前だろ⁉　――あちっ⁉」

勢いよく反応した拍子に、火の玉が膝に飛んできたのだ。

そのせいで、再び聖良の勝ち星である。

だが、聖良の意識はそちらに向いていないようで。

「……うん、なんかしっくりきた」

「なにがだ？」

ズボンの膝に開いた穴を気にしながら大和が尋ねると、聖良はこちらに向き直ってきて言う。

「大和はやっぱり、男の子なんだよねってこと」

「逆に、まだ俺は男扱いされていなかったのか……」

「そうじゃなくて。――まあいいや、試してみよ」

そう言って聖良は線香花火を手放すと、膝をつくなり大和に抱きついてきて――

「はぇっ⁉」

突然の出来事に、大和の素っ頓狂な声だけが夜闇《よやみ》に響く。

勢いよく抱きつかれた反動で大和は尻もちをつきながら、必死に思考を巡らせようとするが、だめだった。もう頭の中は、その柔らかな感触と甘い匂いのことでいっぱいになっているらしい。

そんな長いようで短い至福の時間は、唐突に終わりを告げる。

「なるほどね」

冷静に聖良は言うと、身体《からだ》を離して大和を見つめてくる。

「なにか、わかったのか……？」

半ば放心状態で大和が尋ねると、聖良は嬉《うれ》しそうに頷いてみせる。

「うん、なんか落ち着くな～って感じだった。あと、ちょっとドキドキした」

「は、はあ……？　そ、そりゃあ、異性に抱きつけばドキドキはするよな、普通……」

現に大和はドキドキしっぱなしだったわけで。なんなら、椿や芽衣にスキンシップをされたときもドキドキはしていた。

これは聖良が大和を異性として認識していることの証明なので、喜ぶべきだといえばそうなのかもしれないが。

ただ、落ち着くという感覚は、大和としてはピンとこなかった。これはもしや、やっぱり大和を男として見ることができていない側面が残っているのではと、少なくとも大和は疑い始めていた。

しかし、聖良は大和の反応に納得がいかないようで。

「いや、大和以外の男子に抱きつこうとは思わないし。ドキドキもしないと思うよ」

「そ、そうなのか」

「大和はどう？　ドキドキした？」

「前から言ってるけど、するに決まってるだろ。当たり前のことを聞くなよ……」

照れくさくなって視線を逸《そ》らすと、聖良はふっと微笑《ほほえ》んでみせる。

「そっか」

満足そうに言うと、聖良は立ち上がって手を差し伸べてくる。

「お、さんきゅ」

手を取って立ち上がったところで、もう線香花火が残っていないことに気づいた。

「もう終わりか」

「だね。私の勝ち」

笑顔でＶサインを向けてくる聖良を見ていると、勝ち負けなんてもうどうでもよくなった。

「はいはい、俺の負けだ」

「線香花火、好きになったかも」

「ほんと、いい性格してるよな……」

「花火、捨ててくるね」

そう言って、ひとたび聖良がその場を離れていく。

「ふぅ、まったく」

大和はやれやれといった風にため息をついてみせたが、内心は穏やかなはずもなかった。

ドキドキドキドキ……と、何せ今も心臓の鼓動が爆発しそうなほどに高鳴り続けているのだ。

聖良に抱きつかれた。

その事実だけでも大変だというのに、聖良までもが『ドキドキした』と口にしたのだ。

この勝手に浮かれそうになる気持ちになんと名前を付ければいいのか、いくら考えても思いつく気がしなかった。

それに聖良は、大和以外の男子に抱きつこうとは思わないとも言った。これも大和にとっては嬉しい言葉だ。

ただ、やはり抱きついた際に『落ち着く』というのは、よくわからなかった。親愛の情が深まるとそう感じるものなのかと、そのことを考えるとモヤモヤした気持ちになる。

いずれにせよ、聖良にとって大和が特別であるのは確かだ。そう改めて確認できただけでも、大和の自信に繋《つな》がる。

けれど、聖良のその気持ちは恋愛感情とは違うものだろうと、大和は考えていた。

少なくとも、大和にはそうと断定するだけの決め手がないのだ。

（おこがましいな。いくらなんでも、浮かれすぎか）

こうして一緒に過ごしていると忘れがちだが、聖良はいわゆる高嶺《たかね》の花だ。

容姿も頭脳も家柄も、全てが完璧なお嬢様である。釣り合わないなどと言うと聖良は鼻で笑うだろうが、それでも身分違いなのは確かなわけで。

そんな彼女が惚《ほ》れてくれるほどの魅力が、自分にあるとは思わない。

ただタイミングよく夜の街で出会い、行動をともにしたことから始まったこの関係。

大和なりに頑張ったこともあり、聖良はいろいろと心を許してくれているが、それも友達だからという言葉で全て片付けられる範疇《はんちゅう》にあるように思える。

（今の関係で、十分幸せなんだよな）

水道で足を洗っている聖良の背中を見ながら、ラムネを一口飲んだら、思ったよりもぬるくて甘ったるかった。

片付けを済ませてからは、すでに夜も遅いので聖良を家まで送ることにした。

「ふんふふ〜ん♪」

カランカランと下駄《げた》を鳴らしながら、聖良は陽気な鼻歌を奏《かな》でている。とても上機嫌な様子だ。

手にしたラムネを一口飲んで、「ぬるっ」と言って顔をしかめているのもご愛嬌《あいきょう》である。

——ブーッ。

そのとき、大和のスマホに新着メッセが届いた。

差出人は椿であった。

『今日はありがとうございました。大和先輩のおかげで気持ちも切り替わり、聖良先輩と友達になれました。これからは聖良先輩の友として、そしてライバルとしてより仲良くしていこうと思います。それと、大和先輩も引き続き仲良くしてくださいね♪』

そんな文面を見て、大和は微笑ましく思いながらも一点だけ引っかかりを覚えた。

ライバルという部分である。すでにバレエをやめた聖良とは、ライバルではなくなったはずなのだが、文字の打ち間違いだろうか。

「あ、そうだ」

何やら思い出したように聖良は言うと、ぴたりと足を止める。

「どうかしたか？」

大和も足を止めて振り返ると、聖良は淡々と言う。

「私、お盆は帰ることにしたから。それで、父親とちゃんと話してくる」

「えっ……大丈夫なのか？」

唐突に告げられたものだから、困惑した大和はついそんな尋ね方をしてしまった。

けれど、聖良は自信に満ちた顔つきで頷《うなず》いてみせる。

「大丈夫じゃないとは思うけど、椿のこととみたいになんとかなるかなって。前は喧嘩《けんか》別《わか》れみたいな感じで家を出たし、去年のお盆もお正月も、ゴールデンウィークだってまともに話してないし、試してみる価値はあるかなって思うんだ」

「認めさせるつもりなのか？　習い事をやめたことを」

「うん。反抗して習い事をやめたようなものだから、そこは謝るとして。これからは自分でいろいろと決めていきたいって、改めて伝えるつもり」

そう告げる聖良を見て、大和は改めてすごいなと感心していた。

聖良は自分の意思を貫くために、親を説得しようというのだ。しかも、あの見るからに堅物そうな父親を、だ。

未《いま》だにやりたいことが見えていないどころか、聖良と過ごす以外に何も考えてこなかった自分とは大違いだと、大和は痛感させられた。

「……なあ、俺にも何かできないか？　なんなら、俺もついていくし」

それでも、今の大和にはこう言うほかなかった。

聖良と過ごす時間を守りたい。それが今の大和にとって、唯一のやりたいことであるのは変わらないからだ。

すると、聖良は優しく微笑んでみせる。

「ううん、大丈夫。一人で行く。こんな風にまた親に向き合おうって思えたのも、大和のおかげだから。これ以上は頼れないよ」

「そ、そうか。……わかった、頑張れよ。俺はいつだって白瀬の味方だから」

落ち込みそうになる気持ちを奮い立たせて、大和は前向きにエールを送る。

「ありがと。すごく嬉しい」

本当に嬉しそうに笑うものだから、言った大和の方が恥ずかしくなってしまう。

「まあ、連絡はちゃんと返せよな。いつ帰ってくるにしろ」

「うん、わかった」

そんなやりとりをしてから、しばらく会話はなく。

そのまま聖良の家に到着した。

「じゃあ、またな」

「うん。お盆までまだ日にちはあるし、この辺りのお祭りも行こうよ」

「そうだな。ただ、今日も結構使ったからな……そろそろまたバイトをしないと」

「行くときは私も付き合うから呼んでね」

「はは、わかったよ」

伝えたいことを伝え終えたところで、聖良は下駄を鳴らしながら歩みを進める。

「それじゃ、バイバイ」

「ああ、おやすみ」

オートロックのドアの向こうに消えていくその背中を見送ってから、大和は帰路に就く。

「頑張れよ、白瀬」

夜空を見上げながら、そんな独り言を呟《つぶや》いた。

# エピローグ　夏の終わり

チリリン、チリリン……。

風鈴の音が耳に届く。

夏休み最終日の、蒸し暑い晩夏の夜。

大和《やまと》は自室の窓際《まどぎわ》で風鈴の音に耳を傾けながら、一人ボーッとしていた。

――ブーッ。

スマホがメッセの新着を報《しら》せる。

確認すると、差出人は聖良《せいら》であった。

『ただいま』

「はぁ、もう最終日だぞ」

その文面を見た大和は、安堵《あんど》したような呆《あき》れたような気持ちでため息をついた。

花火大会の日からお盆期間に入るまでは、聖良と再びバイトをしたり、近くのお祭りに行ったり、宿題を一緒にやったりと、いろいろなことをして過ごした。

祭りには椿《つばき》も参加して、大いに盛り上がったものである。あれからバレエの方は絶好調とのことで、改めてお礼も言われた。

だが、それらの出来事も、今となっては遠い過去のようだ。

お盆期間に入ってからは、聖良とメッセや電話のやりとりはしたものの、親戚の集まる別荘から戻ることはできないようで、こうして最終日になるまで顔を合わせることはできずにいた。

テレビ電話という手段もあったが、そこは気恥ずかしくてやめた。こればかりは大和が悪いのだが。

そういうわけで、ついに明日、学校で顔を合わせることができるとあって、大和は浮かれに浮かれていた。

ひとまず、『おかえり、宿題はやったか?』と返信すると、『うん』とだけ返ってきた。

「長かった、長かったぞ夏休み……」

ベッドに倒れ込んで、そんな独り言を口にする。

お盆期間に入ってからの大和は宿題をしたり、バイトをしたり、ときどき瑛太《えいた》たちと遊んだりして過ごしていた。

それらの日々も適度に忙《せわ》しなく、悪くない時間ではあったのだが、やはり心の中では聖良と過ごしたいという思いが燻《くすぶ》って仕方がなかった。

端的に言えば、寂しくてしょうがなかったのだ。

――ブーッ。

そこで再び聖良からのメッセが届いた。

『これから会える？』

「…………」

時計を確認すると、午後八時。まだそれほど遅い時間ではない。

――と自分に言い訳してから、『ああ、どこへ行けばいい？』と返信する。

すると、『大和んちのコンビニのとこ』と返ってきた。

「近いな。もう来てるのか？」

呟きながら、私服に着替えて家を飛び出す。

自転車に跨《また》がるよりも走りたい気分だったので、そのまま夜道を駆け出した。

ハッ、ハッ、ハッ……。

息を切らしてコンビニの前に到着すると、キャリーケースを片手に佇《たたず》む白いワンピースの美女がいた。

「白瀬《しらせ》、なのか……？」

赤いリップにくっきりとしたメイクをしているからか、とても大人びて見えるが、その美女は聖良で間違いなかった。

「よっ」

聖良はそんな大人っぽい容姿とは不釣り合いな仕草で挨拶をしてきて、そのままこちらに近づいてくる。

「な、なあ、その恰好《かっこう》って、またやってみたくなったシリーズの一環か？」

「なにそれ。これは家の指示だよ。今日もパーティーに参加してたから」

「そうなのか」

「変でしょ」

へらっと笑うその顔には、明らかに元気がなかった。

その姿を見ていると、こちらが居たたまれなくなる。

「普通の奴《やつ》には似合わないだろうけど、白瀬だから綺麗《きれい》だよ。でも、白いワンピースに赤いリップってどうなんだ？　主演女優の舞台挨拶みたいだぞ」

「あはは、やっぱり変だと思ってるじゃん」

そう言って、聖良はさらに距離を詰めてきて。

とん、と。その額を大和の肩に預けた。

「ちょっと、疲れちゃった……。充電させて」

「お、俺でよければ、喜んで……」

久々の再会ということもあり、大和はドキドキしっぱなしであったが、今の聖良は明らかにいつもと違う。

恰好のせいだけじゃない。どこか弱々しくて、今にも泣き出してしまいそうに見えてならなかった。

「お父さんとの話、一応は上手《うま》くいったんだよな？」

電話では『ぼちぼち』と言っていた。その声に元気がないのも気づいていたが。

「まあ……ぼちぼち」

「そればっかりだな」

「…………うん」

もしかすると、だめだったのかもしれない。

そんな考えが、今の聖良を見ていると頭に浮かぶ。

ただ、口にしないということは、触れられたくないということなのだと思った。

触れない代わりに、その身体《からだ》を抱き締めようと手を広げて、けれどその手を下ろす。

「おつかれさま」

当たり障《さわ》りのない言葉だけをかけると、聖良はこくりと頷《うなず》いてみせた。

そのまましばらくして、聖良は身体を離した。

それから優しく微笑《ほほえ》んで言う。

「充電完了。明日からはまた頑張れそ」

「本当に大丈夫かよ？」

「うん。だけどごめん、しばらく遊べなくなると思う」

「えっ？」

動揺する大和に向かって、聖良は笑みを浮かべたまま告げる。

「ごめんね。それじゃ、バイバイ」

そう言って、聖良はあっさりと去っていった。

わけもわからぬまま、それでもその背を追うことができずに、大和は立ち尽くしていた。

「なんだよ、それ……」

ようやく口に出た言葉はそんな情けないもので、夜空を見上げてため息をついた。

# あとがき

お久しぶりです。初めての方は、初めまして。戸塚陸《とづかりく》です。

この度は、『放課後《ほうかご》の聖女《せいじょ》さんが尊《とうと》いだけじゃないことを俺《おれ》は知《し》っている』、三巻をお手に取ってくださり、誠にありがとうございます。

こうして三巻を出すことができたのも、応援してくださる皆様のおかげです。

今巻はついに夏休み突入ということで、これまでとは違って学校生活ではなく、長期休暇を満喫する大和《やまと》と聖良《せいら》の姿を見せられたかと思います。

そして今回から新キャラクターの椿《つばき》が登場したことで、大和はさらに聖良の過去を知ることになり、自分たちの関係について考えます。

今後もゆっくりと歩み寄る二人の姿を、見守っていただけたら幸いです。

もちろん、夏休みらしいワクワクドキドキするイベントも盛り沢山なので、ぜひ楽しんでいただけると嬉《うれ》しいです。

今回のイラストも見どころで、可愛《かわい》くて瑞々《みずみず》しい聖良や椿の姿は必見です。あと、個人的にカバーのラーメンを食べている聖良が可愛すぎると思うので、ぜひご確認ください！

最後に謝辞を。

担当編集者様、そしてこの作品の出版にかかわってくださった皆様、今回もありがとうございます。今後ともよろしくお願い致します。

イラストを担当してくださった、たくぼん様。今回も尊くて、夏らしいイラストをありがとうございます。今後ともよろしくお願い致します。

そして読者の皆様。三巻を読んでくださって誠にありがとうございます。今後もより楽しんでいただけるよう励みますので、どうぞよろしくお願い致します。

ここまで読んでくださって、ありがとうございました。

それではまた、次巻でお会いできることを願って。

二〇二二年三月　戸塚陸

お便りはこちらまで

〒一〇二-八一七七
ファンタジア文庫編集部気付
戸塚 陸(様)宛
たくぼん(様)宛

富士見ファンタジア文庫

放課後《ほうかご》の聖女《せいじょ》さんが尊《とうと》いだけじゃないことを俺《おれ》は知《し》っている3

令和4年4月20日　初版発行

著者——戸塚《とづか》 陸《りく》

発行者——青柳昌行

発　行——株式会社KADOKAWA
〒102-8177
東京都千代田区富士見2-13-3
0570-002-301（ナビダイヤル）

印刷所——株式会社暁印刷

製本所——本間製本株式会社



ISBN978-4-04-074512-1 C0193

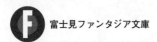

切り拓け！キミだけの王道
ファンタジア大賞
原稿募集中！
賞金
《大賞》300万円
《金賞》50万円
《銀賞》30万円
選考委員
細音啓「キミと僕の最後の戦場、あるいは世界が始まる聖戦」
橘公司「デート・ア・ライブ」
羊太郎「ロクでなし魔術講師と禁忌教典《アカシックレコード》」
ファンタジア文庫編集長
前期締切 8月末日
後期締切 2月末日
公式サイトはこちら！ https://www.fantasiataisho.com/
イラスト／つなこ、猫鍋蒼、三嶋くろね